片山正昭
Katayama Masaaki

SENYU

先憂

―日本の先行きはこれだ！―

風詠社

はじめに

今から二十年ほど前、ビジネス界から一切身を引き、己の趣味に生きようと決意したのが、ついこの間のように思える。世にインターネットが普及し始めた頃だ。ウインドウズ95が登場し、早速自分のホームページを開き「先憂」と名づけた。今でも思い付きの随筆を書いている。

その後のネットソフト開発の進歩が著しく、我がページは古いまま取り残されている。最初は新規のソフトに更新しようと考えたこともあった。だが新鮮なもののスタイルは流行のように変わるから、古いものでも機能はあるのだと、更新をせず老体を曝すことにしている。

「先憂」に載せた随筆も十数年となる。自分のストレス解消に丁度よい手段と思っていた。始めた頃から見れば、今の世界の情勢は驚くほど変わったと思う。予想出来ないことではなかったが、その変化のスピードが想像以上だった。

この度、少し過去を振り返って、随筆の主な内容がどのようなものだったか抜き出せば、多少でも今後に役立てるものにならないかと思いまとめてみた。世界でもかけがえのない日本を大事にしたい。そして、世界の秩序に指導的役割が発揮出来る国でありたいとの願いなのです。

平成三十年八月

片山　正昭

目次

はじめに　1

一章　日本は世界一の農産業を持て

農業改革こそ根幹　二〇〇五年　六月　10
農業活性化をやりたい　二〇〇五年　六月　11
農政の危機　二〇〇五年　九月　12
農業改革の絶好な機会　二〇〇九年　一月　13
農政に失望　二〇一三年　二月　15
農業を強くしたいか　二〇一三年　三月　17
農業の改革　二〇一三年十一月　18
農業製品の質の競合　二〇一四年　二月　20
日本農業を世界一にする　二〇一四年　五月　22
農業経済の指標　二〇一五年　二月　24
農業と大学　二〇一五年　四月　26
農業教育の展開　二〇一五年十一月　28
農業事業　二〇一六年　一月　29
コメ価格の問題　二〇一六年　二月　31
精密農業の推進　二〇一七年　十月　33
愚かな土地政策　二〇一七年　十月　34

二章　古いものは捨て、優れた国家の憲法を創ろう

憲法改正に思う　二〇〇七年　六月　38
憲法改正を急げ　二〇一二年　六月　39
憲法改正　二〇一五年　五月　40
憲法改正論議　二〇一六年　三月　42
憲法改正論議　続　二〇一六年　三月　44
憲法論議のまずさ　二〇一六年　五月　47
戦争放棄　二〇一六年　七月　51
憲法論議の指摘事項　二〇一六年十一月　53

平和憲法という言葉　二〇一六年十一月　55
憲法審査会への意見　二〇一六年十一月　57
新憲法の制定　二〇一七年　二月　59
新憲法の制定Ⅱ　二〇一七年　五月　60
分かり易い憲法　二〇一七年　六月　61
憲法改正の失敗　二〇一七年　七月　63

三章　国家と政治のあり方を変えよう

リーダー欠乏症の日本　二〇〇八年　三月　74
ルビコン川を渡れ　二〇〇九年　一月　75
今の日本は幕末である　二〇一〇年　四月　77
国家と外交　二〇一〇年　五月　78
歴史家の国家観　二〇一〇年　六月　80
トップリーダーに　あるまじきこと　二〇一〇年　七月　82
政治家の本質　二〇一一年　一月　84
国境紛争を読む　二〇一三年　一月　86
海洋国家日本　二〇一四年　三月　88

憲法前文への意見　二〇一七年　九月　65
戦争放棄条文の問題　二〇一七年　九月　66
凡人のみる憲法　二〇一七年十二月　68
自民党憲法草案への意見　二〇一八年　二月　70
憲法改正反対に疑問　二〇一八年　二月　71

人事の王道　二〇一四年　十月　90
国連の衰退　二〇一六年　一月　91
中国共産主義社会　二〇一六年　二月　93
為政者の任期　二〇一六年　五月　96
国家のシミュレーション　二〇一六年　七月　98
産業の空洞化　二〇一六年　九月　100
日本の指導者　二〇一六年十二月　104
首脳の人選　二〇一七年　三月　106
日本戦犯への情報操作Ⅰ　二〇一七年　十月　108
日本戦犯への情報操作Ⅱ　二〇一七年　十月　110

日本国の現実　二〇一八年　一月　113
政治の大局観と任期　二〇一八年　三月　114

四章　国を守る軍備を正しく見よ

戦争の大局観　二〇一四年　五月　122
嘘と過ち　二〇一四年　八月　123
中国社会への信頼感　二〇一五年　一月　125
安保法制の議論　二〇一五年　七月　127
抗日戦勝記念式典　二〇一五年　八月　129
靖国　二〇一五年　九月　131
核の無力化　二〇一六年　三月　134
領土紛争　二〇一六年　五月　136
靖国の呪縛　二〇一六年　八月　138
サラミスの海戦　二〇一六年　八月　141
国家の防衛　二〇一七年　二月　144
空母を持つ　二〇一七年　四月　146
戦わずして勝つ　二〇一七年　五月　147
議員の大局観　二〇一八年　四月　117
権力暴走の恐れ　二〇一八年　六月　119
防衛力とは何か　二〇一七年　六月　149
米軍撤退は現実　二〇一七年　七月　151
核兵器を持つ　二〇一七年　七月　152
北朝鮮はどうなるか　二〇一七年　九月　155
北朝鮮の暴発　二〇一七年　十月　157
日本の島を守れ　二〇一七年十一月　159
辺境の国有設備　二〇一七年十二月　162
海軍力増強の重要さ　二〇一七年十二月　164
空母を二隻持つ　二〇一七年十二月　166
朝鮮半島をどう見るか　二〇一八年　二月　168
軍国主義中国の正体　二〇一八年　三月　170
独裁体制の拡大　二〇一八年　四月　173
朝鮮半島の問題　二〇一八年　四月　174

五章　世界の経済が激変する

消費税のすすめ　二〇〇五年　三月　178
TPP問題は分明　二〇一〇年十一月　179
デフレの本質　二〇一三年　十月　180
消費税のモラル　二〇一四年　三月　182
競争社会の推進　二〇一五年　十月　184
自由主義経済の崩壊　二〇一七年　十月　187
自国主義経済の検討　二〇一七年十二月　189

六章　正しい歴史の中に知恵がある

中国と日本の歴史認識　二〇一〇年　二月　192
歴史認識　二〇一四年　一月　194
余怨《よえん》　二〇一五年　四月　195
日本人の魂　二〇一五年　四月　196
合従連衡《がっしょうれんこう》　二〇一六年　九月　198
歴史の見方　二〇一六年　五月　200
沖縄の心　二〇一七年　八月　203
歴史学問の重要性　二〇一七年十一月　204
虐殺の歴史と習性　二〇一八年　二月　206

(付)　叙情を嗜む人生は面白い

詩人　石垣りん　二〇〇五年　三月　210
3年B組金八先生の詩　二〇〇五年　三月　210
茨木のり子詩人の死　二〇〇六年　三月　212
峨眉山　二〇〇六年　四月　212
寿命は短くなる　二〇〇六年　九月　213
三好達治の詩　二〇〇七年十二月　214

文語体を見直そう　二〇〇八年　八月　216
小板橋　二〇〇八年　十月　216
文化としての漢詩　二〇〇九年　五月　218
天寿ということ　二〇一〇年　六月　219
極楽浄土の本質　二〇一〇年　六月　220
六十歳代の人生　二〇一一年　二月　222
女流漢詩人　二〇一二年　二月　224
女流漢詩人　その2　二〇一二年　二月　225
七難八苦を与えたまえ　二〇一三年十二月　226
夜空　二〇一六年　七月　228
嘘に対する嫌悪感　二〇一八年　四月　230

参考文献　232

先憂

日本の
先行きはこれだ！

・日本は世界一の農産業を持て
・古いものは捨て、優れた国家の憲法を創ろう
・国家と政治のあり方を変えよう
・国を守る軍備を正しく見よ
・世界の経済が激変する
・正しい歴史の中に知恵がある
（付）叙情を嗜む人生は面白い

装幀　２ＤＡＹ

一章　日本は世界一の農産業を持て

農業改革こそ根幹

二〇〇五年　六月

経済循環の現状の問題より、長期的なその寄って立つべき経済の根幹として、日本の問題は何なのか。今、政治で、盛んに議論されている**官庁や公的企業の非効率さ**、**金融ノウハウの貧弱さ等**が、当面の課題として、マスコミで連日報道されている。

しかし、私は、あまり議論されていないが、教育問題を除けば、**農業問題こそ経済を支える根幹**として、真剣に改革すべきと考えている。この問題があまり議論されないのは、世界的にどの国も、**農業は保護すべし**という概念が蔓延しているからだ。世界経済の流通で、国家が農製品貿易を制限するのは常識なのだ。さらに、国策の大義名分が、農業保護一辺倒で、**政治家や保護団体の守旧的組織を温存し**、**それが障害**になっているからである。

人々の食生活コストは、この影響を受けている。日本人は米を食う。それは、昔から食うから習慣であり、それが最も幸せと思っている。しかし、食生活は、今や限りなく多様化してきた。これからも、もっと多様化しても、何の不自然もない。農業政策は、巧みにこの変化を回避し続けている。

また、日本の農業が、**世界との自由貿易に負ける**というイメージも、**本質論を避けた現状保守**だろう。農業生産を、画一的に日本全体に統制することもよくない。農業は、その土地、水などのインフラや気候など、最も有利な条件があればコストは安い。国内でも、九州と東北では明らかに条件が異なるから、作物のコストは、大きく異なって当然である。ではコストの高い東北米を食べないかといえば、それはない。食のニーズは多様化しているし、生産者の対応により、更なる多様化も推進される。同様に、外国との競争においても多様化される。

土地は広ければよいというものでもない。広いところに適したものと、そうでないものの生産は、自ずから住み分けが成り立つ。私は、日本の農業に対する**自然環境、農業技術、公害技術も全て世界の上位にある**と考える。無いのは、それに**取り組む意欲や、魅力を削いでしまった農業政策なのだ。**

農業活性化をやりたい

二〇〇五年　六月

今、高校や大学では、農業について何を教えているのか。私は、専門ではないが、子供の頃から作物に接していたせいか、格別の関心がある。そこで、一つの提案だが、目標を持った改革を始めたらどうか。今後、十年以内に、今の**食生活コストを、三分の一に下げる**という命題を持つというのはどうだろう。こういう場合は、少しの改善より、大幅な構造改革がよい。勿論、そのための、あらゆる規制は撤廃し、流通などの改革も行われる。農業は衰退するどころか、にわかに活性化し、**若者の参入魅力が増大**する。

明治維新の時、土地解放が行われ、地主制度が崩壊した。今の土地不動産については、より公共性をもたせ、何もしない何の役にもたたない土地は、保有することが出来ない仕組みに変えることが必要だ。

本来、地方には地方の条件があり、食の嗜好もそのコストも大きく異なって当たり前なのだ。季節で違いもあるのに、年間変動や、地方の変動がないように仕向け、価格の調整をやるなど、農業組織によるコントロールが、消費の独創性を奪っているのではないか。農業の多様性を奪っていないか。また、農業従事者の終身雇用の形態が、最も好ましいという概念に固執していないか。

私は、季節で最も旬なものを大いに食べ、季節の変り目に、その新鮮さに感動するような食のあり方を幸せだと思う。また、昔のトマトの味は、どう再現できるのか考えている。

農政の危機

二〇〇五年　九月

今日の日経新聞の社説で、農政の危機について言及されている。

世界で、農業の政策が遅れ、**保護主義が問題にされる国**として指摘されているのが日本である。このままいけば、世界の圧力の狭間で、日本の農業は押しつぶされる。その危機が迫っているのに、マスコミ、世論は取り上げない。また各党の施策も問題である。物事に危機が具体化しない限り、興味を持たないというのんき気さだ。今、議論されている郵政も、本格的に改革の実績が出てくるのは、十年位はかかる。まして、農政はそれ以上だろう。

各党が、農政について示す対応は、活性化という観点からみると政策になっていない。保護は必要だが、その考え方の根本に誤りがある。真の活性化を行い、世界に対応するならば、保護をするのは、農業や流通に関わる従事者ではなく、農業技術やインフラであることを明確に区別する必要がある。悪政の最たるものが、補填や調整保証のたぐいである。それは、人間の知恵を阻害する以外の何物でもない。

能力や知恵によって栄える農業従事者は見当たらない。大半は横並びで、かつて、衰退してしまったどこかの社会主義国の農業を思わせ、それを国費で必死にくい止めようとするのが今の状態だろう。若者が、競って企業に就職するように、農業という産業も、魅力あるものにする可能性は十分にあるのだが。

農業改革の絶好な機会

二〇〇九年　一月

世界は今、不況に落ち込み、実態よりも底知れない不安感を人々に与えている。しかし、経済の基本は、そもそも農業政策の安定度によるところが大きく、その農業の安定が保たれている国ほど経済への不安感はない。

農業と言えば、すぐに土地の大きさなどを連想し、狭い日本にとっては、どうにもならない事態と思い込みがちであるがそうではない。旧式の農業技術のイメージから脱却出来ないのは、農業ではなく、農民を保護する政策を取ってきた政治の失敗である。農業専門を自負する政治家ほど創造力を欠いている。日本の、多角的な技術の優秀さをもって、農業に向かう技術者はごく少数であり、若い世代が集まらないのが現実である。この結果は、日本の労働力のコスト高の原因にもなり、経済の基礎が安定しない。

少なくとも、日本は**七十%をこえる自給体制**へ向ける努力は必要であり、目標の明確な設定と方針のもとに、改革を進めるべきだ。日本の気候、風土に合った農業と、そのインフラ整備、技術革新は、理念や計画がしっかりしていれば難しいことではない。**土地政策については、根本的に議論**する必要があり、その理念を固める必要がある。今は放置されている状況である。戦後からの古い体質を引きずり、全てが膠着状態と言っていい。

世界が近くなり、地球規模の相互の影響が増してきた時代で、狭い考えの土地政策は機能しなくなってくる。

本来地球は誰のものでもなく、生き物全体の環境なのである。そこに存在する国家や個人は、そこに住まう権利を有したに過ぎない。権限を行使する所有者が、その土地に対して何でも出来るというのは間違いである。

日本の土地政策も、土地を個人のものと思っている間は何も出来ない。土地の使用権利を与えられた者は、その**土地を有効に、また環境維持に、最大限の努力を払う義務**がある。**所有と使用権利の区別**を、もう少し突き詰める必要がある。江戸時代の地主という所有者を、排除した明治時代のことは、承知だと思うが、今の状態も五十歩百歩というところか、実に情けない停滞状況になっている。世界不況の本質を、脱却したいなら、農業と製造業の実態を改革することが必要で、考え方を根本から変えることだ。その機会がきている。

農政に失望　二〇一三年　二月

日本の**経済活性化の本質が農業にある**ことは既に述べた。農業は、将来を含め、世界に大きな市場を持ち、雇用も大きいのは明白である。世界の主な国の中でも、農業が弱体化していった国は、日本だけではないだろうか。

国土や、資源の問題が原因で、**農業が不利だという神話**をつくり、全国民が騙されてしまった。農政を指導するこれまでの自民党、民主党の犯した大罪とも言うべきか。過去の農政の責任を持った大臣は大いに反省し、農業に関わってきた己の知識が、如何に貧しいものだったかを知るべきだ。

農業の実態を見れば分かるが、農業に関わる実働、労力は極小に向かう。更に技術の革新により、農業人口は極小化する道理があるにも関わらず、何と多くの人が雇用されているのか。日本のコメ農業が縮小する以上に、農業人口も減少するのは当然のことだ。その何倍もの人口が減少しても不思議はない。

農政はその展望を完全に誤った。この誤りを正しく誘導し、世界に農産物を輸出出来る普通の国に育て直すには、相当の年月を要する。

私は、今度の内閣で、その改革がやっと出来るかと期待した。しかし、その期待は、どうやら裏切られたようだ。それは、指導者の政策を聞く番組をみた時の実感で、まず農業は何故ここまで悪化したのかという掘り下げが全く行われず、考えもないことが分かったこと、及び、今の**農業を変革する指導力**が優し過ぎて、世界の大勢の流れに、追いつけないと判断したからである。

企業を指導した人々は、今、世界で戦える力をもっている。何故か。それは国家に頼らず、厳しい流れの中に身を置き、それを一つひとつ乗り越えた技術と自信を持ったからだろう。

例えば、企業における製造物の売値は誰が決めるのか。それは、有力企業に属する人々のイロハでは、**答えは客**である。ところが、つい欲に負けて値段を操作したくなる。その瞬間に企業の没落が起こる。

国の関与する事業、国から受ける事業に関わる企業、国の規制を受けて営む企業などは、どんなに大きくても、企業の力はないと思った方がよい。国の援助を受け、安定して事業を営むことが出来たのは、もう二十年以上も前のことで、**今はどの企業も世界の市場**の中にあり、国内だけの論理は成り立たなくなっている。国家企業の過去、現在を見ればそのことが良く分かる。JRをはじめ土木建築、銀行、最近は電力も殆ど倒産の状態であり、**すぐ自分で売値を上げることを考える**。開発でも、当初先行していたロケット開発などが遅れをとり、民間主導になって、やっと追いついたではないか。権限を持つ者が淘汰されないシステムの中で、生き残れるのが最も良くない。

農業も例外ではない。**農作物の値段は客が決める**。それに相反するから、需要は、人口の減少によるだけでなく、それ以上に落ちてゆく。本来なれば、**世界は食糧が不足**しているから、どんどん増えて然るべきだろう。

農業人口増減を、そのまま農産物の増減と見做して保護する政策などは、愚の骨頂である。まして、農業人口維持の為の補助、バラマキなどは無意味である。保護するとすれば、農業のインフラの強化、自動化などの技術援助、或いは山間の棚田などで、その農耕の文化的歴史を維持するための援助は大いにやるべきである。

農業を強くしたいか　　二〇一三年　三月

ＴＰＰ参加の問題で、政治家が右往左往している。**参加の可否よりも、政治家の自己防衛ではないかと思える。**ＴＰＰに参加すると、農業は壊滅的になるという話がもっともらしく語られている。

日本の農業を今後どうしたいのか、強くしたいのか、保護して益々弱くしたいのか、基本の議論がかみ合っていない。率直に常識的にも、農業を強くしたいなら、**市場を開放**すべきであり、保護したものが強くなる例は殆どない。

ＴＰＰは、農業改革の絶好の機会であり、改革の一里塚である。**競争は力**だから、日本はこの勝負に負ける可能性は高い。しかし、息の根を止められることはない。最悪の状態から、立ち直ることは必ず出来る。それが日本の実力だろう。国土条件の不利を問題にする人がいるが、勝負に体の大きい小さいを言うのはどうかと思う。小さいならば、そのやり方を変えてでも、克服しなければならないのが競争である。**関税の基本は、進歩の段階の一時期の猶予**であって、未来永劫に維持するのは、**非合理的なものを温存**するだけでよくない。

作物と土地の関係は大きいが、技術の進歩は、その問題をどのようにでも克服していく力がある。日本の政策は、この技術の動機を著しく阻害している。例えコメでも、単位面積当たりの収穫を上げる競争になれば、発想を変えた方向の技術革新はいくらでもある。今は、その必要さえも認識外で、旧態依然とした農作業を、将来にむけて延々と続けることになる。今は、改善が遅れた分、更に農業は著しい被害を受ける。コメの消費も減る一方で、食生活の様式も変化してゆく。少々の改革はダメで、猶予とか、徐々にとかいう感覚は更に遅れをとり、傷を深めてゆく。

農業の改革

二〇一三年　十一月

今日は勤労感謝の日である。と言っても、今は祝日を増やすのに、どんな名目にするか困る時代だから、祝日の名目に殆ど意味がなくなった。私が子供の頃は、祝日が待ち遠しい時代で、学校でもその意味を丁寧に教え、その日を意義あるものにすることを教えた。勤労感謝の日も、その昔の新嘗祭《にいなめさい》の行事のイメージも重なり、稲作主体の農業への感謝の意は自然に感じることが出来た。農家のご苦労も実感として身近に感じていた。

しかし今はもう、稲作の取り入れは、ふた月以上も前に終わり、また農夫を田畑に見かけることは、年間を通しても少なくなってしまった。勤労感謝を改めてと言われても実感がない。

それ程世間の構造も、働く人々の価値観も変わってしまったのである。

この記事の中で何度も農業の改革に触れてきたが、最近になって、やっとその動きが見えるようになってきた。予想したように、外圧があり対応せざるを得なくなったのだ。改革は早くやれば、その分、痛みは軽度だが、遅きに失したことは、残念だが厳しいと思う。そもそも、農業政策で、農協を中心とする人々の、**農業を振興させる理念が間違っていた**。改革の動きが見えたと言っても、それは一里塚程度のものでしかない。何故なら、改革の理念が変わらないからだ。それは、閣僚の然るべき立場の人々の発言を聞けばすぐ分かる。

企業が半世紀にわたって努力し続けた考え方、即ち**良いものを安く造る**ということを、農業指導者が、まだ分かっていないと思えるからだ。休耕田政策を止める。それによって起こるコメの価格の下落を阻止するために、米を家畜の飼料にするとか、発言は支離滅裂の状態である。

本気でコメ生産の改革をすれば、コメの価格は下がり、然も良質のコメを国民のみならず、外国の人々にも提供出来るようになる。この影響は大きく、コストが下がれば、全ての経済は活性化する。食糧の自給率も勿論上がるが、経済インフレ政策とは逆行する。しかし、実力を伴う価格の引き下げを歓迎するのは、自明の理である。

私は、子供の頃、田舎の農業を身近に見てきた。自然を相手に、のびのびとした環境で仕事が出来る幸せを好ましいと思っている。都会の企業で、仕事に追われた自分の体験から見ても、人生の本当の幸せを、農業に求めることは良いことと思う。今でも農業従事者には大変愛着を覚える。

それだけに、今のような中途半端な形の農業を見るに忍びない。若い世代が、農業に対する魅力を失うことだけは止めて欲しい。酷なようだが、退役すべき人々は早く退役し、土地や農業インフラなど、活用出来るものは、若い世代に提供すべきだと思う。**退役した農業従事者の保障は、別途**に考えるような施策を行うべきではないか。

農業製品の質の競合

二〇一四年　二月

ＴＰＰの交渉をはじめ、各国間の貿易交渉が激しくなった。日本は貿易立国だから、その最先端を担い誘導しなければならない。目先の利益に左右されれば、本来の貿易の理念が見えなくなる。貿易で「**聖域**」という言葉は間違っている。一時的な観念的な考えに過ぎない。日本の農業が、世界で十分に戦える力があることは既に述べたが、何もしなくて戦える訳がない。その意味でここでは特に農業製品の質の競合について述べる。

日本の農業製品の質が良いのは、日本人であれば、多くの方が共有していると思う。コメをはじめ、物によっては二倍、三倍の価格でも売れる質のものもある。ただ問題は、その評価を的確にするシステムが、あまりにも幼稚だ。消費者は、農産品の品質や素性を適正に捉えられず騙されやすい。世界で物が流通する場合は、この問題を適格に扱えるシステムを、**日本が先ず率先**して厳しく誘導すべきだ。

この問題を分かり易くするため、工業製品の事例を示す。日本では、戦後あまりにも粗悪な商品が出回ったため、国の規格、ＪＩＳマークを奨励した。このことによって消費者は随分助かった。この規格は、確かに製品の良し悪しを判断する基準だったが、規格の性質上、必ずしも十分に商品の質を保証するものではなかった。ＪＩＳは、商品の抜き取り検査が基本だから、保証を完全にするには、膨大な商品の破壊検査のコストがかかり、特に見えない品質を保証する規格としては役に立たない。本当の品質を見分けるものとしては不備だった。

もう四十年以上も前になるが、ＩＳＯという規格が欧州を中心に広がった。今の工業製品は、殆どがこの規格に準じて保証されている。ＩＳＯ規格は、製品が造られる全製造工程を保証し、その原料の生産をも保証する。更に、その製造工程や企業の公害対策など、社会的対応の良し悪しまでも評価する。**ＩＳＯ規格の認定を持つ企業と企業との連携から、質の良い製品が生み出されるシステム**である。しかも、その認定は、常に定期的な検査で実証しなければ、規格認定が取り消されるという厳しいものである。

農業製品に例えれば、〇〇社のチーズ製品はどこの牛の乳で、その牛の生い立ちや牧場、更には、その牛の飼料の生産の全てが、たちどころに逆のぼって明示出来る製品にのみ規格が与えられる。飼料を外国から輸入するような時代になったのだから、その安全を証明するには、このような規格が有効である。肉類の製造工程も、様々な加工が施されているから、見た目の規格では、殆ど役に立たない。

コメの生産も、その土地、灌漑システムが何か、水源のレベルなども明確に出来、消費者が的確な判断ができる規格に切り替えなければならない。作付面積と製品の量が合わないような、初歩的管理が出来ないようでは、日本農産物の優位性を示すことは出来ない。目に見えない農業製品の質、例えば、そのコメが広い平野で生産されたものか、日本に多い山間のきれいな水源の中で生産されたものか、消費者にとっては、その**厳格な管理**が極めて価値あるものとして、捉えられることが大事なことではないだろうか。

日本農業を世界一にする　二〇一四年　五月

日本の農業は、今、世界で一番弱いと思われている。信じられないような高い関税をかけなければ、日本の農業は全滅すると農業の専門家が言うのである。どうしてこうなったのだろう。

もう半世紀も前の農業の形態が、農業に関係する人々の基準であり、それから一歩も出ないかたくなな思考が、結果として日本の不幸をもたらしている。日本では、コメの需用は、今後益々減少してゆくから、何もしなくても農業人口は減る。人々が、日本の農業を維持、発展させたいと思うなら、今のままでは駄目で、世界を相手にした産業として脱皮する以外に方法はない。農業については色々なことを述べてきたが、ここでその概要をまとめる。

日本農業を、世界に比べても劣らない強い農業にするには、以下のことを行えば達成出来る。資源を持たない工業が、世界一の製品を産することが出来た日本であり、農業も、基本的に高度な生産体制を作り出す技能は同じである。農業を特殊と見るのは誤りで、工業製品と同じように、**消費者の要求を最重要視する理を貫く**ことが大事なことである。これに反すれば衰退の道をたどることになる。

先ずやらなければならないことは、**農業の生産性を上げる**ことである。農業生産者の、平均寿命が高いことは、生産性を下げる理由の一つだから、農業に携わる**年齢層を二十、三十歳代**に引き下げる。農業に魅力を持たせる経営であれば、自ずから若い層の従業員は集まる。**土地の規制は全廃**し、その税のあり方も根本的に変えなければならない。現状でみれば、**五倍ほどの生産性**が必要と思われるが、達成も可能と思われる。機械化も、極めて遅れているから、それを向上させるには、どのような農業形態が適切なのかは考えればすぐ分かる。

農産物の製品規格は、**工業製品のＩＳＯ規格に準じた規格**にする。世界にＰＲして、世界の規格へと誘導する。日本の消費者は、この規格が常識となるよう周知させる。日本の商店で売られる農業製品は、その素性が極めて明確化されたものになる。偽装を許さないシステムが必要で、これは消費者の要求にかなうものになる。今の農業は、これとは全く逆の発想で、世界も品質規格を不明にする力学が働いているようだ。将来に亘って、自らの首をしめることをやっているようなものである。

物流は市場の自由化を原則とする。鮮度の問題があるから、産物の物流履歴は明確化する必要がある。**物流ブランドの信用度**が生きてくる。農業生産形態の中には、文化的資産として意義あるものも多くあるので、これこそ国家の保護を必要とする。自然と歴史は、何時の時代でも大切にしなければ、国家の国家である由縁を失ってしまう。

農業経済の指標

二〇一五年　二月

今まで、農業について、多くのことを述べてきたが、まだ一度も述べなかったことがある。それは、**農業の発展の経過を示す視点について、その経過を示す指標がない**ことである。このように言えば、そんなことはないと反論されるだろうが、一般の人がごく普通に知らされるような、普遍的に正しく捉えた毎月の指標がない。

私は、経済や工業については、かなり把握出来ていると思っている。しかし、農業については報道も殆どされず、国会の論議を聞いても、農業者の所得はどのようになっているかという、どこかの野党が質問する時に使う事例話のレベルだ。精密な数値による議論には程遠い。尤も、統計を取っても、今の政府や業界では、正しく客観的な手法による捉え方は困難なのかも知れない。管理技術が遅れているからであり、またこの事で、将来の産業改革の展望や道筋を明確に捉えられない。

例えば、一昨年、昨年と今年のコメの労働生産性は、どうなっているのか知りたいが、正しい数字は出てくるのか。十年前の生産性と現在は、どう変わっているか分析出来るのか。それが出来ないで、十年後は、規制の撤廃や、産業の振興で、どのようなレベルに改革するのか論じることも出来ない。改革はやったのだから、前よりは良くなるだろうとか、体感的な評価を頼りにするのでは、技術が高度化した世には時代遅れだ。

私は、企業にいた経験から、改革には技術の向上が必要だが、それと同じ程度に**目標分析技**

術の向上がなければ、達成は出来ないことを実感している。目標に向って、問題の存在が、どれ程のものかを掴めない経営者は、殆ど成果を得られない。農業が、体質を変えられず、衰退してしまった原因はここにもある。

日本のコメの消費は、毎年減少していく。マクロ的に捉えたデータであり、ただの現象を記録したものの域を出ない。コメの消費はこれからも減少していく。その数字は、何を示しているのか、正しく解説する情報は、一般の人には知られていない。まして、五年後は、どのような消費の数字になるのか知ることもない。データは、施策の意図をもって熟考されたものでなければ、機能しないのである。

経済や製造業の動向については、国民も企業もその動きを注視している。それは、**指標が、事業の重要な意思決定に必要**だからである。従って、国も民間シンクタンクも、自前の方式により**動きの分析**を行う。

農業にはそのような緊張感もなく、情報の工夫もなく興味を持つ者も殆ど居ない。「**ゆでがえる**」という言葉があるが、まさに、気が付いてみれば、殆ど死に体になるまで物事の進行が分からない。

農業でも、民間のシンクタンクが、積極的に手をのばすような事業にするには、何が問題で、何を指向すべきか、為政者はしっかり考えて欲しい。

農業と大学

二〇一五年　四月

日本の国家の経済の安定の基礎は農業である。その事について述べたのは、二〇〇五年のことだから、それからもう十年以上になる。世界は、技術が加速的に進展するが、日本農業の苦況が、こんなに早く来ることまでは思い至らなかった。今、日本は、日本農業の解放を迫られる。

既に、海外からの輸入による良質の食べ物が、**国際的相場の動きに左右される**。我々消費者に及ぼす影響が実感となった。これは、今後更に大きくなっていく。農業政策の誤りと、怠慢がはっきりしているにも拘らず、未だにその認識が出来ない政治家が多くいる。

農業問題の一つに、農業教育としての大学のあり方がある。小、中学校が、子供に、社会人としての基礎を教える教育とは違って、大学は、社会の一段の発展に寄与する学問や、技術を向上させ、**新たな革新を生み出す素養**を身につけさせる教育である。その観点から、大学の各部門の功績をみると、科学や工学のように、日本の経済を支えた部門もあれば、何の役に立っているのか分からないような部門もある。既存の社会の中で、**大学のどの部門の教育が、日本社会や世界に大きく寄与しているか**、率直に批判したらよい。

これからの大学の在り方は、その理念がしっかりして経営されなければ、子供が減少していく次世代では、今まで子供全員が大学に進学するようになって生き残れた大学もいずれ淘汰される。

日本のマスコミの中で、マスコミの知識のレベルの問題かどうかは分からぬが、**日本の農業のあり方と、大学教育**の問題を取り上げている記事を見たことがない。論評がどうあれ、日本農業が、世界で戦ってゆけない現実の結果は、その**教育と政治が及ぼす影響が機能していない**ことの証明でもある。高度成長時代の国の政治のあり方に対して、多くの大学の学生が、その良し悪しはともかく、重大な関心をもって熱く行動した時代もあった。農業改革において、そのような活動があるようなことは聞いたことがない。**農業経営について、革新を推進する理念**は、大学にはないのだろうか。

人類の歴史の中で農業生産の歴史は古い。農業の古い歴史の良いもの、大切なものは大事にし、人類の食を豊かにする新しい生産も推進しなければならない。自然との調和を維持し、世界の人類の食を改革し、飢餓を救う道は何かを追求しなければ、この学問の価値はない。日本はその中で、最も対応の可能な文化を持った国である。それが世界に遅れをとるということは、政策の誤りと**教育者の質の問題**があるのではないかと思える。

農業改革を推進するには、その障害となる問題に聖域無しに向き合ってこそ、新たな方策は生まれてくる。既に、遅きに失した感は否めないが、早く手を打たなければ、世界との生産体制、技術の格差は、加速度的に拡大する。特に、革新の基礎が固まるには、多大な年月を要するから、安易な考えでは対応が出来ないことを認識して欲しい。

大学が、農業のオピニオンリーダーシップを持たずして、何の教育だろうか。既成概念だけで教育する、ただの専門学校では、世界はおろか、日本をリードすることも出来ない。

農業教育の展開

二〇一五年　十一月

ＴＰＰの決着から早や一か月経った。ＴＰＰの影響による被害をどう見るかで論争される。だが、大事なのは、このことを**被害というような受け身の考え方**では、本当に被害をもたらすことになる。

農業分野はまだまだ自由貿易の領域にも及ばない隔離状態である。それは、最も大きいコメの分野に踏み込んでいないからである。しかし、コメ以外では、かなり自由化が進む。消費者に安い食料が手に入り易くなるのは当然であり、今まで、日本国民が如何に高い食料を買わされていたかが分かる。人々の人件費は低下傾向にあり、高度成長期の右肩上がりのコストとは相反する現象も出る。しかし、人々の実質の生活レベルは上がるから、経済のデフレとは異なる。要は、日本の経済の基礎的水準を上げる農業の重要性が増すのである。

これまで、農業には全く競争がなかったから、学校教育でも活性が削がれ、若者も農業に対する魅力がない時代が続いた。しかしこれからは、良く先を見越した政策に転じれば、**農業の教育部門の役割は重要になる。**

農業の専門学校、大学の農学部などは、今までにない研究開発分野が必要になる。例えば、農業の新種開発は勿論、**農業の産業化技術、機械化、ハイテク化などへの展開は広くする**必要がある。教育を指導する側も、単に農業の専門ではなく、**工業技術の専門**も必要であり、世界で高度な技術を持つ専門家の指導者も必要になる。

日本の人々は、今の農業の姿を見てどう感じているのか。外国の優れた能力を持った農業経営者が、日本で農業経営をする姿を想像してみたか。それも、林業を含めたあらゆる部門で、実業に当たる姿はどうか。

日本が、後進国に農業指導を行い、その国に帰化することは、現実として容易に想像できる。その逆を考えれば理念は同じだ。勿論、農業には文化遺産的農業や、小規模な嗜好の生産品は残る。それこそ国家の保護は残る。だが、世界に通用する製品は、限りなく**コストに優れた商品、良質な商品として流通する。**

農業安保のような考え方も変わる。政府がやらねばならないのは、農業の保護ではなく、**意欲的な事業者に対する縛りを解く**ことだ。だから、**若者たちの農業教育は大変重要**だと思う。それも、より広範に及ぶ知識、情報などを教育現場に蓄積する必要がある。私は、若者男女が、その将来を見通して競って勉学に励む姿を夢みている。

農業事業

二〇一六年　一月

TPP決定以降、農業に関する報道も多くなり、活性化の第一歩を踏み出したようだ。十年程前に熱い思いをした農業の変革が、やっと現実となり始めた感がある。だが、まだ日本の農業の中には、古い体質の温存を図ろうとする人々や、古い政治家がいる。過去の概念から、どうしても脱却出来ないのだ。

農業でも、野菜栽培は、産業のハイテク化が実用化される段階に入っている。先日のシンガポールの農業開発報道では、野菜の生産が高層の建物の中で、合理的に生産され、製品は市場に出されているようだ。鮮度や有害物を含まない良い高級品が、安価に提供されるようになるのだろう。私のイメージする産業が実現し始めたのかと興味は深まる。生産システムを構築するのは、従来の農業従事者ではなく、建築や工業の事業者である。工業のＩＴ化技術をもって植物の生態を研究すれば、事業化は容易に可能となる。

今は、ベトナムでも農業の改革を奨励しているようだ。その改革に日本の技術者も参加する。日本の農産業構造では自由度が劣り、事業者の能力が十分に発揮出来ないから、**事業者は海外へ流れる**。今はまだ扱い易い野菜などが先行しているが、コメ農業も例外ではない。事業の大規模化は淀みなく進むだろう。

日本のコメ農業は、保護や法律で自由を奪い、著しく競争を欠き発展を阻害した。努力した者が報われないから、**若者にも魅力のない産業**になった。競争がないから倒産もない。働く人は定年がないから従事者は老齢化し、省力化、自動化技術も構築されない。非効率的な事業が至る所に放置されたままになっている。土地の無駄ばかりが増え、資産価値は上がらず税収も上がらない。矛盾だらけの産業として限界の域にきている。

コメ価格の問題　二〇一六年　二月

先日の日経紙の社説に、**日本のコメの価格を高く維持しようとする政策は止めるべき**という論説が掲載されていた。世の中の意見がやっとここまで来たかという感がある。それでもまだ価格を操作しようとする政策が続くと思うが、その政策を続ければ続けるほど、**コメ産業の衰退は止まらず被害は増大**する。

今、世界のエネルギー源の石油が、以前の半値以下になっている。それは、生産が多くて需要が減ったから当然だが、自由競争だから価格は制御出来ない。このような類は、工業製品では日常事であり、常にその対策と改革努力が強いられ、改革が進むのである。今後は**農業製品も例外ではなく、多くの製品は国際化**することは既に目に見えている。日本農業は早く**生産体制を改革**しなければ、衰退するのを免れることは出来ない。

日本の経済を活性化し、世界でも高度な社会を維持したいなら、経済循環の基礎となる**価値の創造**を怠っては持続力を持てないし、脆弱な体質を脱却出来ない。どんな場合でも、**国民一人当たりの価値の生産性を高める**ことが必要である。工業は、機械化やＩＴ化によって、労働生産性を向上させる努力を行っている。大企業の生産性は、世界の上位レベルだが、国内の中小企業はまだ極めて貧弱なままなのは、政府の産業保護政策に欠陥がある。農産物になると、もう労働生産性どころの話ではない。

コメは、もう何十年もの間、労働生産性向上の推進をしなかった。少しばかりの生産性向上は、兼業農家を増やし、またその価格統制によって、一般消費者への価値配分は行われないままになっている。競争がなく、全てが保護されるのだから、価値の生産の追及の意識は低い。

経済発展の基礎は、人類の努力が、より高度な価値を生み出してゆくことにある。日本の経済の脆弱さは、その根源に**コメ農業が弱いこと、エネルギー資源がないこと**である。仮に日本人の平均所得に対する消費の割合の中で、コメとエネルギーに対する支出が半減すれば、その余力は、より高い価値ある製品の消費に向う。エネルギーは、これからは生産源が多角化してゆくから、資源だけの問題とはならず、日本は不利な中にも戦える余地がある。

コメの生産性の低さは、自国の努力であるにもかかわらず、**改善が遅々として進まない**。コメの生産業界に競争の原理を持ち込まない限り改革は出来ない。工業と同じように農家にも盛衰がなければならない。

繁栄する農家の、労働生産性は、他の何倍にもなるから、消費者に安価なコメ、即ち他の製品より相対的に価値の高いものを提供できる。これが正常な経済の活性化である。コメの価格が半値になれば、商品価値は二倍になり、需要の減退どころかその消費は増大する。現在のような生産量であれば農業人口は減るが、生産が増大すれば人口はむしろ増えてゆく。人情的には衰退した農家の問題はあるが、小企業と同じように社会保障は別途考える必要がある。その社会保障も、日本の経済による価値の創造があってこそ達成出来る。

農業政策として、あまりにも長期に間違いを続けてきたので、今直ぐには競争の原理を持ち込めないのは分かるが、**コメ価格の誘導はやってはならない**。もしコメの価格統制が出来る部分があるとすれば、むしろ、十年後には価格を半値にするというような、合理化基準を持つ厳しさを望みたい。

二〇一七年　十月

精密農業の推進

米国農業界が進めている農業生産改革に、**精密農業**がある。これは日経新聞に報道された。私は、農家ではないが、子供の頃から農業を身近に見ていた。思い返せば、戦後の食糧管理の時代に始まった全国の農業団体が、発展の自由を阻害してしまったことが最大の問題だ。当時は、米国のような広い土地を持った農業と、日本の農業は戦えないから、輸入関税障壁で守っているという理屈が通っていた。実際には、初期の段階ではそうだった。だが、その後の政策は、最悪のまま放置されてしまった。時代の変化と共に、**日本の農業生産性が、著しく遅れてしまう結果**となったのである。農業を指導してきた政治家の大きな罪だ。機械工具などのメーカーが、従来の農作業パターンを基に、人力を機械化した程度に過ぎない。国は、農業の周りに、商品の販売に至るまで規制を設け、農家の保護を徹底した。

被害を被ったのは一般の消費者だ。農業を始めどんな産業でも、人の知恵が生み出す改革が社会を豊かにする。その進歩が停滞したのでは、その社会は衰えてしまう。農業は、**他産業が開発したあらゆる技術を駆使**しなければ、大きな富は得られない。

米国の精密農業は、近代のＩＴを駆使し、広大な土地を使うトウモロコシや米作は、ＧＰＳ

やドローンを使う。作物の生産量、品質、給水はもちろん、肥料や土地の性状も一体化して管理する。小規模農家では出来ない大きな資本を必要とする。もちろん、従業員は若年層が持つ能力を必要とする。

最近は、農業の改革の必要性がやっと分かり、規制緩和により農機具メーカーの農業参入はあるが、産業界が普遍的に競争して参入する状態ではない。相変わらず国家の主導する技術開発が、既存農業団体と協議しながら進める程度だ。一般的にこのようなやり方は、派生的な発展や広がりに乏しく時間ばかりを浪費する。世界で開発された技術を、日本で広げることも出来ない。**世界との格差は益々広がる。**実践で鍛えられる層の養成がなされないのだ。

地方公共団体を含め、国家の推進事業のようなプロジェクトが、コスト無視でやるやり方は、先ず邪道であり、回り道をすることになる。日本の国力の推進は、力量のある大手企業が、農業生産に大きな収益魅力を求めて、続々と参入する環境を整備することだ。

愚かな土地政策

二〇一七年　十月

日本の国土は狭いという概念にしがみついている人はまだいるのか。先日、日本には九州に相当する面積の土地が、訳が分からない状態になっているという報道があった。また、地方の過疎化が止まらない。地方都市の目ぬき通りがシャッター街になっている。日本の人口は減ってゆく。日本の国土の活性は無くなり、自然保護どころか、荒れ放題になってゆく。

土地は農業だけでなく、産業にとっては欠かせない資源である。日本の国土は、個人が使用する自由度は保証するが日本国民のもつ財産だ。個人のものという概念を見直すべきだ。

農業族や農業機構に頼る産業政策や輸出事業は、早期に脱却しないと時代遅れになり、本格的産業政策とはかけ離れた産業になってしまう。米作の技術では、機械やロボットが行う生産設備に対応出来る土地区画になっていない。**個人の資本も小さ過ぎる。個人事業の概念も問題だ。**日本のコメの消費に相当する量の輸出を、夢見たことはあるのか。当然コスト競争力がなければならない。国家の資金が導入されるような産業でもいけない。農業族には想像も出来ないだろうが、企業では日常事だ。

地方の活性化と、地方政治家にその方策を訊ねれば、決まって観光客を呼んで観光イベントなどの推進になる。そうではなく、若い世代にとって**将来共に発展の夢がある産業、富を生み出せる事業**の活性化が必要だ。

国や地方政治は、その環境造りに重点を置き直ちに実行すべきではないか。何もゼロから生み出せと言っているのではない。過去に少しでも人が集まるような時期があったということは、そこに何かヒントがあるのではないか。それが時代に合わなくなったことを追及すれば、それに類似するその土地の効用があるのではないか。

土地問題は、政治家の利権で著しく害されている。政治家は選挙の票集めばかりではなく、しっかり世論を造り上げることだ。農業エゴを引きずる限り、国際市場から益々餌食にされる。農業票を持つ国会議員の罪と責任は重く、早く改革すべきだ。生産活動の役目が終わった人々は、速やかに後輩にその役目を委譲する社会構造が必要だ。己のもつ利権を、**後続の進歩的知恵に委ねる**ことは、社会道徳として大事なことではないか。そのような道徳を持つ国家は栄える。社会保障の考え方はその体制に立脚する。

二章　古いものは捨て、優れた国家の憲法を創ろう

日本国憲法

憲法改正に思う　二〇〇七年　六月

戦中、戦後を見、学生時代は、マルクス、レーニンの共産党の思想が横行した時代に育った私等の世代は、多くの人が、憲法改正は反対という。平和憲法などと変な名前もつけた。

確かに、社会的、経済的にも荒廃した日本を立ち直らせたのは、米国の自由主義と、日本国憲法の存在によるところは大きかった。ただ、私はあまり素直ではないのか、当時、大学の授業で憲法学が講義され、学者が居ることに何か違和感があり、憲法内容の解釈をめぐって、論争すること自体が変だと思っていた。

憲法は、国の基本を決める約束事だから、**何故、中学生にもわかる口語体で明確に書かないのか**と思った。既に、憲法は草稿の時点で、解釈を曖昧にしたのだろう。高校の頃、憲法の草案の作成に関わった一人である方の講演を聞いた。その方は、日本国憲法は、日本国が軍備を持てるようになっていると言っていた。その頃から、私は、憲法は改正すべきもので、誰もが疑義を持たないようにすべきものと考えていた。恐らく、現憲法は米国に押し付けられ、軍備不可や戦争放棄など、あまりにも占領政策が露骨だったから、当時の日本は何とか解釈の抜け穴を考える画策を既に考えていたのだろう。

日曜の夕方のＮＨＫ放送の、「**日高レポート**」で有名な**日高義樹**さんの、『**アメリカの新国家戦略が日本を襲う**』という本を読んだ。今年の六月に発行された。米国のトップクラスに、何時も接触して情報を得ている方だから、いかがわしい評論家が面白半分に書いているものとは違う。十年、二十年先の日本はどうすべきかの判断の資料として一級品クラスだ。先のない私より年上の世代にはもう必要ないが、特に三十歳、四十歳代の方々はよく議論して欲しい。日本が老化せず、生き生きとした社会を持ち続けられるために。

憲法改正を急げ

二〇一二年　六月

日本国が、衰退していくという焦りや、危機感がいつも胸にある。それは、憲法問題にあることは明白である。数年前から、何度か憲法問題を取り上げてきたが、未だに明白な進展はない。自民党や、みんなの党が、憲法の草案をつくったというが、その議論が、積極的に進められる方向にあるようには見えない。

今、消費税の問題で政局が混乱し、国会解散や、政界再編が起こり得る状況だ。理念の統合なき政治集団に、希望など持てるものではない。消費税論議のような、目先の問題を、国民の総選挙にあてがう政治の稚拙さでは、到底、真の政治集団は期待出来ないし、また今後存在する価値もない。

私は、直接選挙で、リーダーが選べるものなら、多少主要でない施策の議論も悪いとは言わない。だが、今の国民は、選挙で政党を選ばされるのだから、理念もない、訳の分らない政党など、選挙の実感がまるで湧いてこない。選挙の投票率が下がり、政党支持率が落ちるのも、そのことを示している。政党は一つの理念を共有してこそ政党なのであり、今の民主党が全く機能しないことは、初めから分かっていた。

憲法の良し悪しは、日本の国体にとって、将来像を作り出す基本となる。政党を評価する基準は、その政党が、憲法をどう取り扱うかで明確になる。選挙は、その最初に、**憲法に対する施策を明確**にして欲しい。その理念が、明確な政党であれば、その為の政策課題の進捗がどうあれ、国民は長い目で見ることが出来る。**国体の衰退を立て直すには、この憲法改正から始まり**、恐らく、**十年以上の期間**を要する。過去に失われた二十年が、更にこのまま進行することは、今の中年の世代は、もはや将来の裕福を享受出来ないことを意味している。

憲法改正の争点は、草案の作成、改正とその道筋、期限を、政権の存続内で明確にすることに他ならない。

憲法改正を認めても、具体案がない先送りや、護憲派のような団体では、百年河清を俟つが如く、国家の衰退を脱することは不可能だろう。

憲法改正　　　二〇一五年　五月

憲法記念日の今日、日本経済新聞の社説に、憲法改正についての意見が述べられていた。それは、物事を客観的にみた記事として正論だった。憲法改正については、それぞれ意見があって結構だが、注意しなければならないのは、マスコミが偏った考えを述べ、多くの人々が惑わされることだ。マスコミの影響は大きく、立場を利用した意図的誘導もある。特に、政治的に重要な記事は、発言の趣旨と、責任の所在を明確にする記者の名前を表示すべきだ。世論調査などは、人々の考え方というより、**マスコミの影響力調査のような側面**があることも認識する必要がある。

私の憲法についての意見は、八年程前から述べてきたが、今回は五度目になる。最近やっと、憲法の改正について、まともに議論されそうな気配が出てきた。しかし、残念なことに、憲法改正推進に関連する方々の顔ぶれをみると、老年者や年配者が多い。

憲法改正は、現在の社会に適合する機能を持つことも重要だが、それ以上に、**次世代に適正で、国民が教育される基本**でなければならない。それに、最も関与するのは、**五十歳代以下の世代**である。当然、彼らの世代が中心になって推進するのが自然の姿と思うが、そう考える人はいないのか。穿った見方になるが、もう先もそう永くはないような、古い政治家の執念のようなものが見えるようで、あまり気分はよくない。

日本国民が、国の制度を変えるため自身で憲法を作ったのは、百四十年以上も前の明治維新の時だけである。

だから、運用もそれだけの価値あるものだったと思う。しかし、近代でたったの一度だけとは、何となさけない臆病な性質なのかと考え込んでしまう。

現在の憲法は、**米国の権力下にある時**にのみその効力はあるが、既に現実とは至るところ齟齬ばかりだ。疑義をはさむ余地のないような、明解な文章、用語をもって作成し直す必要がある。憲法学者なる者が出てくる度に、憲法を習った時の、あの学生の頃の違和感が払拭出来ない。誰が見ても、憲法は作成された時の主旨が、そのまま生きてなければならない。

憲法改正論議

二〇一六年　三月

憲法改正の論議が、国会の審議に登場したことは歓迎である。少しは動き出したかという期待はあるが、何のことはない、国会議員の選挙が近づいたため、国民の未熟な戦争アレルギーを得票に結び付ける魂胆なのだ。野党の質問は、本質論議の糸口どころか、**議論を咎める**ようなものだった。しかし、憲法論議をタブー視してはいけないという政府の見解は、政治家の見識が高いことを表すものとして評価している。

憲法は何故改正しなければならないのか。それは、国際情勢や国体の事情が変化した場合、自国の先行きがどうあるべきかを、国家指針として政治が見直さねばならない必要欠くべからざるものなのだ。日本の過去の歴史に於いても、その時代の移り変わりには、必ず新たな指針が示された。近代では、明治憲法がそれであり、昭和に於いても、戦後は新憲法が制定された。

ご存知かもしれないが、敗戦直後でも、日本の政治家は、当然、明治憲法に変わる国体のあり方を、自らの手で憲法を制定しようとしていた。だが、敗戦という過酷な事情の中、GHQからその憲法は葬り去られ、**米国の支配下を前提とするマッカーサー憲法**を受け入れさせられたのである。現在の憲法がそれだが、米国の庇護下に、米国の進んだ民主主義を取り入れ、新たな国体をつくり上げるには、この憲法は機能した。それは**国体が本来持つべき経済力や軍事**

力は、全て米国の支配下にあるという大前提があればこその話である。

現代は、国はお互いに干渉し合いながらも、国の政治の大きな変革や、制度の区切りもないままに、従来の体制をだらだらと引きずる状況になっている。一言で言えば、その日暮らしのように、取りあえず今が問題なければと無関心になる。つまり、**周りの変化が見えない**のだ。世界の各国の状況は変わってきている。特に、この十年の動きは著しい。先の十年、二十年はもっと大きな変化が起こる。戦後の復興を担ってきて、一流国家を築いた世代には、やり遂げたという自負があり、若年の世代もそれを評価しているように見える。確かに、大きな悲哀もなく過ごせた満足感はあるだろう。

しかし、それは己の実力によって勝ち得たというより、世界の冷戦構造の中における環境の幸運に恵まれた部分が大きい。日本国家は、言わば頭は良くても、他人に頼らなければならない**身体の脆弱な人間**と同じである。国家の基礎体力ともいうべきエネルギー開発、第一次産業の高度化には失敗してしまった。だから、これからの国家のあるべき姿の理念は大事なのである。

日本は、自らの意志をもって、自国の現政治体系に終止符を打ち、次世代の国体を構築すべきではないだろうか。それが、**戦後七十年の意義あるケジメ**ではないか。日本の将来に大きな影響をもつ大国が、どのような変化を遂げてゆくのか、しっかり見極める必要がある。多くの専門家にはその資料がある。政治家は、それらを生かして早急に検討すべきではないか。現憲法が作成されたのは、僅か十日ばかりで然るべき人々の手を経ないで行われたものだ。それが七十年も使われている。その思想も体系も問題がある。**憲法学者**というのは何をしていたのだろう。**恣意的ではない本質**をしっかり見て欲しい。その気になれば、新規の制定は難しいことではない。

自民党の憲法草案は見たことはないが、将来の国際情勢が十分に検討されていれば、有力な対案になる。前にも書いたが、**現憲法にとらわれていたら本物は出来ない**。改築では新築のような画期的な改革が出来ない。どのようにでも解釈出来るような、従来型の文案は次世代には合わない。更に、内容も、改定し易いもの、改定し難い本質に関わる項目などの区別もはっきりさせる必要がある。

憲法改正論議　続

二〇一六年　三月

国民学校の名のもとに、戦中の教育を受けた年代は私が最後の年代である。即ち、戦争末期で疎開をしながら、終戦を迎えたのが国民学校一年生の時だった。

喜寿になってまさに戦後七十年となるのである。時代の変化は非常に大きいが、この変化は今後更に加速する。日本国憲法が世界情勢に合わなくなるのは自然の流れで、この憲法が古文学のように、ある時期に優れたものを持つものと評価されることはあっても、今はもはや化石のような存在に見える。

憲法は日本国体の将来の百年に及ぶ指針である。世間の人々は、世代の移り変わりが見えず危機感が薄いかも知れないが、現在は明らかに時代の区切り目である。日本の**戦後レジームの脱却**と言うのはその事である。この問題を先送りすればするほど国際問題の影響は拡大し、被害は甚大になり取り返しがつかなくなる。

今の時代、何がそれ程変化しつつあるのか。先ず**国家の概念が変化する**。地形的に線引きするような国家の概念から解放されてゆく。従って国を守るという概念が変わる。国の安全保障は戦争の概念を変えてゆく。

現憲法の戦争放棄の考え方は、一世紀前のいわばおもちゃのような戦争の概念の時代に考慮されたものだから、兵器の高度な能力に関する対応も著しく異なるし、**侵略の概念が変化**する。例えば、大陸をまたがる弾道ミサイルは、攻撃兵器のみならず防御の兵器でもある。国際間の常識も変化する。国家が行うサイバー攻撃は、高度な兵器の機能を攻撃する。宇宙空間の戦争と防御の概念はどうするのか。サイバー攻撃は、国であれ民間であれ、これを防御するだけではなく、報復されるという技術が正当化されるようになる。

国際法という言葉があっても、この法自体の存在があやしくなる。その兆候は、既に中国の動きにみられる。大国であれば制御は効かない。国連の安全保障理事国を含めた組織の機能が、**偏った組織として機能しない**ことは分かっていたが、その組織の行動能力はますます弱体化する。

戦争という言葉の概念は、経済制裁に及ぶ。**経済制裁は、他の国家を滅ぼす武器**になる、国家は、経済制裁を打破し、また制裁に対応力のある国家防衛戦略を要する。この問題は既に、太平洋戦争前に日本国が米国により受けた攻撃でもある。

二十一世紀の戦争は、**テロ戦争**といわれるが、現在のような自爆テロは、その走りのようなもので、これからは、この手段の高度化によりその防御の概念は変わる。人道主義の考え方と、その罪に対する処罰は担保されるのか。

また核兵器は、その能力が生きている限り、世界の国々に拡散してゆく。核兵器を持つ大国を含め、その兵器の無能化を行わない限りその拡散は止まらない。**核兵器に攻撃、防御の考えが機能しない**。

即ち、核の先制攻撃は、同時に攻撃国の核破壊が必然的に起こされるような考え方など必要になる。小国ほど、核は不用意に使用する危険があるから、周囲の国としての対応力は必要になる。

国家の警察と軍隊の概念も、戦争の概念の変化とともに変化する。限りなくその境界は不明確になり、その統治が明確でなければ、その機能の不備や無駄が発生する。**組織的に統合の方向へ移る**。戦争のみならず、災害対応の問題もある。

言論について、自由を尊重することに異論はなくても、**無責任なネット情報の氾濫**は、社会の秩序を著しく害するようになっている。言論の自由の基本から考えなければならないのではないか。己の言論に責任を持つことを重視したい。

現在の制度を色々考えれば、問題がますます増加し複雑化してゆく。大変億劫なことだが、最初に述べた何故今憲法の改正かという切実さに戻れば、この問題が、何時まで経っても政党間の駆け引き材料以外の何物でもない状況を、早く打開して欲しいことである。**国会の勢力数が憲法改正の可否に直結し過ぎてはいないか。**政党内だけで検討していては困ることであり、日本の総力で、国家の指針と憲法を考える事業を行って欲しい。

憲法論議のまずさ

二〇一六年　五月

憲法論議が**タブー視される悪癖**が薄れ、議論が活発化されてきたのは好ましい。この欄で、憲法を改正すべきだと述べてもう十年になる。自民党は、憲法改正は結党の理念というが、お経のように唱えるばかりで、全く前に進まなかった。理念ならば主張して世間にアプローチすべきであり、問題が何かを人々に知らしめなければならないのに、そのようなことは殆どなく、様子見していただけだ。

そもそも、国家社会の**世論の形成**は、自然に発生するものではなく、政治家が造るものである。国民の平和や豊かさを、末永くどのように維持し、国民に協調させてゆくかの世論を形成させるのが経世家であり、その**経世家を選ぶ権利**を有するのが国民である。真の民主主義はここにある。選ぶ経世家もいない、また信用も出来ないような政治の国家は、何も決められず、事あるごとに民意を問わなければならない。言わば、**民衆の愚に陥り、**民主主義の弊害に陥った国家となり衰退してゆくのである。

先日のＢＳフジテレビのプライムニュース番組で、毎日二時間、一週間にわたる憲法改正論議を見た。評論家や学者たちの憲法に対する意見は、それなりに専門的な面を教示したものとして評価出来る。だが憲法に対し、それぞれ意見を異にする。**見解が一致しない憲法自体の不備である、それだけでも不適切な憲法**である。

政治家の議論は、論理的ではない感情的な思い入れの主張だ。仮に改めて道理を認め直しても、考えを変えられない頑な了見に見える。憲法が正常であれば、その意味するところは一つである筈だ。

憲法改正の反対を主張するのは、憲法の述べる国体を是とすることだから、**現在の国体を否定**することになる。現憲法は不備だから、不備なものは改定してゆくことに何の疑念もない。変えたくても変えられなかったのが現憲法だから、構成から**全部新調した新憲法**にして欲しいと思っている。

憲法を改正しなくてもよい、また、憲法を改正してはいけないと言う人は、国民が何も問題にしていないのだからとか、改正を言うのは何か魂胆があるのではないかと言う。第九条で戦争を放棄しているから、戦争がなく平和なのだから、平和憲法を変える必要はないと言う。あまりにも単純過ぎて唖然としてしまう。

これでも政治家なのか。一般の人々の言葉なら分かるが、政治家や国家の指導者としては、極めてなさけなく思う。憲法は、国家の基本的骨格を明記するもので、通常の法律とは異なる。だから、憲法は、世界の情勢の変化の中で、**将来の国家のあるべき姿を理念**とするものでなければならない。日本は米国との安保条約によって、実質的には保護されている。言わば**独立で**

きない属国の要素を抱えたまま、国土のなかに多くの**米国領土を七十年もの間放置したまま**になっている。それでよいのか。

米国世論は、もう既に安保条約の必要性を感ぜず、中国との直接の話し合いが出来、経済も**独自性の高い孤立主義**さえ起こっている。**条約の破棄を何時提示されても不思議はない時代が**目の前にきている。そのような次世代の確度の高い問題に対し、国家、憲法はどうあるべきかの議論になっていない。

法律は、現状に則した統治の問題を規定するものだから、その改廃は容易に出来ることが必要だが、憲法はまさに国の骨格の部分に絞り、如何なる政党や統治者でも簡単には変更出来ない。しかし、どんな憲法でも、長い時代を経ると、文化の発展や国際環境の推移により時代に合わなくなる。更に、現憲法のように、人による解釈が曖昧になるような不備を無くさなければ、将来にとって国家の損失になる。従って、憲法改正は、党や権力者の考えの域を脱し、**全政治家が叡智をかたむける事業**ではないのか。今はその時であり、事業を行うリーダーシップに恵まれる次の機会は、そう簡単にくるものではない。

これまでの世界は、大雑把に言えば、米国の一極体制だった。次に見えてきたのは、米国、中国の二極体制だろう。世界はそれで良いのか。第三極として、欧州は問題が多すぎるし、アジアはどうなるのか。国際法などというものは、日本国民は信じたいが、**国連は殆ど無力でしかも不備**だから、**特に大国に対する制御は効かない**。世界の秩序を維持するなら、先進国の責任としても、**日本が有力な国家にならざるを得ない**のではないか。また、それだけの力量や公正さを持てる国ではないのか。

覚えておられると思うが、政党の本質が崩れていった時代、つまり、俗語だが右翼の政党が、極左翼の党首を担ぎ出し政権をなすという破天荒なだらけた政治になって以来、政党の理念と行動の一貫性は無い。

私はこれまで、政党に属し、また政党を支援してきたことは一度もなかった。だが選挙になれば政党を選ばなければならない。その判断に困ることが多かった。私は特に、社会の現状よりも国家の先行きを第一義に考えるから、政治家には、**国家の基本の憲法の改正にどのような行動をとるか**で属する政党を決めて欲しかった。

政党間の政策協調の次元と、選挙の理念の次元との混同も甚だしい。共産党の理念は、国体を根本から覆すものだということは党是から明確だ。この理念は、自民、民進の理念の違いより遥かに遠い対岸にあるのに、二大政党の必然性に幻惑され、野党が選挙協力をし合うなど、仮に選ばれた議員が出ても、その議員の色は分からず、政党の意味は限りなくただの徒党化する。

現憲法の施行時の歴史的事実をもう一度述べる。歴史家の徳富蘇峰は、当時の新憲法を評して、**孟浪《もうろう》杜《ず》撰《さん》**だと言い、第九条は自衛をするにも妨げとなり、自縄自縛となると言っている。**「いずれの国家も、国家の個性を日進の大勢に順応させてゆくのに、日本はその個性を捨て、米国の民主化と同一視するような軽躁《けいそう》浮《ふ》薄《はく》の極りである」**と言っている。そして、蘇峰は米国ＧＨＱによって拘束されたのである。七十年前のことだ。

私は、現憲法の基で社会を運営してきた我々世代の老年者と議論する積りはない。この憲法は過去のものであり、**次世代は自分達の手によって自分達が生きてゆく為の憲法として作るべきだ**。憲法の創造を議論すれば、世界の諸国家の行った事実は正しく掘り下げられ、これから自国のあるべき姿も明らかになると思う。

戦争放棄

二〇一六年　七月

憲法問題をしっかり議論すれば、戦争放棄という言葉は必ず問題となる。体裁が整った国家に、戦争放棄は論理的にあり得ない。それが世界の国家の存在である。昔、我々が若い頃は戦後だから、戦争放棄論があり、理想的国家論があり、もう今では誰も言わなくなったが、スイスのような永世中立国が持て囃されたことがあった。この国でも、戦争放棄の概念はなく、軍隊はあり、中立の侵害が起これば戦うのである。国土が小さい故の一つの政策だった。周りの国家の緩衝地帯という、特殊な地的要因の上に起こった国家群の合意である。

では何故日本国憲法にこのような記述があるのか。一言でいえば、それは**米国の占領下憲法**だったからだ。米国が、自国の支配地域に隣接する日本という国家の影響力を恐れたからだ。それには歴史的前例があった。

欧州では、第一次世界大戦のドイツが、その後わずかな年月の後に、再び戦争を引き起こす事態が生じた。その結果、米国にも損害が及んだ。まして、太平洋の米国の直轄地域で、このような事態が日本により起こされることを極度に恐れた。戦後の当時は、日本国憲法のみならず、言論や出版物、更には、政治の中枢の要人の粛清なども行われた。

戦争放棄というのは、単純に言えば**戦争を禁止**することだから、その代わりになるのは別の人間がやらなければならない。それは米国人以外にはない。だがその矛盾はすぐに起こった。日本に米国軍事施設を温存しなければならなくなった。また日本国家としても矛盾だらけで、すぐ隣の朝鮮戦争が起こっても、如何ともし難い事態になった。

そこでここから、**延々と日本国憲法の解釈すり替え業務**が始まった。防衛力とか、自衛力などの言葉を駆使しながら、軍備を進めなければならなくなった。戦争には攻撃、防御の区別はない。最近は、侵略と防衛の区別さえつかない高度な武器を持つ戦争へ変質し、また国境も流動的である。どんなやり方にしろ、戦うことはすべて戦争なのである。従って、国家には戦争放棄はない。戦わない国家はこの世に存在しない。

今、憲法論議があるが、国民に論議さえしてはいけないという政党、或いは論議しても条件付きというような制約を言い出す政党は、この**論理的矛盾が分かっているから**、なおさら議論を避ける。これが、**国家と憲法の問題の本質**である。

しかし、国家の問題は、次世代のために、その本質を根本から議論しなければ、いい加減な改定では益々不可解になる。**憲法は、国家の国家としての基本のみを規定すればよい**。それは、国家としての理念と構成を規定することだ。また、国民の社会的義務や倫理に言及するのもよい。

国家の政策については、むしろ法律の分野にすべきだろう。政府は、憲法が聖域のような存在になった慣習を、少しでも打破したいが故に、さしさわりのない部分を少し改定してみることにする考えかも知れないが、むしろ、真剣に本質論に取り組む姿勢が、与野党の勢力争いの愚を起こさない最善の方法ではないか。

何事も、本筋を分かり易く、率直に精力的に行動することこそ、国民にとっては必要なことであり、政党の存在や体面や浮沈などは、憲法議論には無意味で、政治家個々の理念をもって対処すべきではないか。政治家は、不合理な政党を超越した姿勢で臨んで欲しい。

憲法論議の指摘事項

二〇一六年　十一月

まず第一に、新憲法の制定は、次世代の一世紀の為に、真剣に取り組まなければ、日本国の繁栄はないと思う。しかも、その制定の機会は、何時でもあるのではなく、今を逃せば必ず後悔することになる。何とかごまかしながら、しばらくはこのままでという考えは**問題先送りの悪癖**である。

次に、憲法の基本を述べる前に、気になることは、憲法に関する世論調査がある。これまでに、マスコミは必ずしも正しい世論調査を行っていないことを述べた。政策論議の可否を問う意味程度なら、多少いい加減な調査でも、世論の傾向を示すものとして我慢出来るが、憲法論議となればそうはいかない。**新憲法の可否は国民投票**になる。従って**世論調査は正確**でなければならない。簡易処理では、国民に錯覚を起こさせる。

正しい統計手法を、特にマスコミは意識すべきだ。正しいというのは**母集団の実態**を正確に表すことだ。一部には調査の手法など断り書きをしているがこれもよくない。世論は有権者の姿だから、政治に参画しようがしまいが、それがどれほどの数になるか示さなければならない。調査結果のグラフは、人々が見る唯一の情報だから、**無関心層を明確に表示**した図になるべきだ。その過程を捉えてゆくのが政治ではないか。

マスコミは賛成、反対何%ということだけに短絡する。人はそれをみて全部がそうなっていると思い込む。あってはならない恣意的な世論なのだ。

現在の憲法を論ずるのに、現憲法の成り立ちはさておき、その良し悪しを議論しましょうという話が出る。これは極めてよくない。憲法は、その**成り立ちに憲法の精神**がある。あとから解釈して、その精神を曲げてしまうから、実態は矛盾だらけになってしまうのだ。憲法を平和憲法とか、ユートピアのような神格化的思想のような、本来備わっていなかったものを付加して複雑にする。従って先ず、現憲法が公布された**歴史的事実を正しく理解することは**重要なのである。

憲法学者がいる。前にも書いたが、憲法が学問であることには半世紀前から違和感があった。どうして万人の誰が読んでも同じ解釈にならないのかという単純な疑問だ。国際法を持ち出すのなら、そのことを明記すべきだ。私見だが、**憲法は国家が変えることのない基本のみ**であり、詳細は法律で規定すべきではないかと思う。学者の知識が必要なのは、ここのところではないかと思う。時代の趨勢で変えるべきものは憲法に合わない。

立憲主義という言葉がある。日本国が立憲主義であるのは、世界でも高水準にある。憲法論議を否定する一部の人々の言葉は、自己の頑なイデオロギーによる被害感に見えてくる。政治家は、もっと前向きにならなければ、次世代の日本を築けないのではないか。

二〇一六年　十一月

平和憲法という言葉

マスコミの然るべき人が、「**今の平和憲法**」というのには驚いた。憲法の問題が大きくなった今でも、現行の憲法は平和憲法であり、この憲法があったから日本は戦後七十年平和だったという発言を聞く。

その度に、暗い気持ちになる。本当に日本の後世を案ずるなら、戦後のこのような**思考停止状態は止めて欲しい**。私は、戦中から戦後に生きてきたから、日本の戦後七十年をよく見てきた。親は米国と戦って死んだ。米国の良いところも、悪いところも分かっている積りだ。だから、この七十年間が殆ど**米国に依存していた時代**だったことを痛切に思う。

現行の憲法は米国によって作られていることは承知の通りだ。日米安保条約の提携時には、大反対のデモがあった。皮肉なことに、その時代に安保の反対思想を持っていた人々が、喜んで米国がもたらした平和を享受している。今は憲法を変えず米国の軍事機能を現行のまま維持する積りなのだ。自国の兵力をどうするか考えることも拒否する。これこそ思考停止状態ではないか。信じられないかも知れないが、当時、高速道路は弾丸道路だから建設反対と言い、その他のインフラをも戦争につながると反対したのだ。

現在は、国のあり方の初心に返り、しっかり構築し直す時期にきている。結果がどうなるか心配は皆同じだ。だが、問題を回避し、タブー視する考えは最悪と言っていい。特に次世代を生きる人々は、自らの生涯を自ら考え、それにふさわしい憲法を作って欲しいのだ。何度も言うが、**憲法は、国家のあるべき姿を写し出すものだ。**憲法は、統治者の権力の暴走を止めるものだという人もいるが、日本は専制君主制ではない。民主制国家の社会が明示されていればよい。憲法は、彼岸の理想社会の絵でもない。国家の本質と国際社会の現実の人間性を見据えて、出来るだけ簡潔でわかり易い言葉で明示されればよい。

国家間のトラブルは、容易に戦争を惹き起こす。その戦争は攻撃、防御の区別はなく、その形態は高度化し複雑化する。旧来の理念から脱却しない限りこの問題を解くことは不可能だ。電子頭脳を用いる高度のハイテク化時代もすぐそこだ。

日本は今、やっと長期政権の安定した状況になった。このような機会は、なかなか得られるものではない。一旦国家が混乱すれば、次の機会は十年遅れるだろう。世界にそのような状態に陥った例は至るところにある。今、**憲法問題を精力的にやらなければ機会を失う**のは目に見えている。また、この問題を解決することによって、日本の若年層の政治への関心度も上がる。我々の若い時代には、多くの若者が政治に熱くなったこともあった。それがあるからこそ、日本の社会に対する愛着が一生消えないのだ。長い平和で、その維持することの負荷を知らずに育った世代が、その次の世代の為に何をなすべきかを真剣に考える時期なのだ。

憲法審査会への意見

二〇一六年　十一月

衆参の憲法審査会が再開した。理由は何であれ、一年以上も時間を浪費した政治家の責任は重い。時間をかけても魂がなければ無駄以外の何物でもない。長時間かけてやったのだという言い訳のような自己陶酔癖で、お茶を濁しているのではないかと疑う。現行憲法は、日本の政治家があれこれ言っている内に、GHQが十日ほどでまとめてしまったものだ。そしてそれには国民の意思は関与せず、米国統治者が当時の日本を恐れ、将来への布石を打った規定だから、容易に変更出来ないものにした。その後国民は、膨大なエネルギーを浪費しながらやりくりを続けた。**そんな分かり切ったことも、歴史に正しく書けなくてどうするのか。**

憲法審査会の議論の状況が報道される。思った通りに政党の体面の争いのように見える。特に、法律専門出身のような議員が、用語などの専門ぶりをしながら優位に立とうとする。また、過去、現在共に世論の本質の分析も出来ていない議員が、国民の大部分がとか、九割がとか、不用意に国民の意思を忖度するのも見え、この審査会の存在自体の価値があやしい。

現憲法で今は何も不安はないから変える必要もないと国民は思っている、という議員は、政治家でありながら、日本国家の現状の理解がどうしてそうなるのか全く理解に苦しむ。**憲法の審議は、今の国家の現状をしっかり見て、次世代の行く末にどうあるべきかを考え抜くもので**

はないのか。それには、老朽化した家を改造しても、将来に耐えるものは出来ない。それこそ、また直ぐに改造しなければならなくなる。屋上屋を重ねるのではなく、**新憲法を作るのが最も正しく適切**ではないのか。

学者が論ずる法に対し、一つの不信感がある。憲法は、策を弄するような文章ではなく、中学生でも理解出来る簡潔なものにならないのか。文章は短く表現は一つにする。主語、述語の関係を明確にする。五箇条の御誓文とまでは言わないが、国家の基本事項となる体系を簡潔、明確にすることこそ、学者の力を発揮するところのように思う。

イデオロギーの違いによる解釈の違いなど、あってはならないことだ。現憲法を運用してきた実態、特に何故解釈論を持ち込まなければならなくなったのかを明確にせず、過去の政治家の行為はどうだったかの反省なくして新憲法は出来るのか。

一般の人々は、憲法の問題には縁遠いものであり、また良く分からないのが実態である。一般国民は、政治家の言うことやマスコミの報道に左右される。特にマスコミは限られた回線を占有しているから、その**報道が偏向**していればその影響は大きい。賛成か反対かなどの範疇に仕分けしてしまう世論の調査そのものが問題だ。**答えない、分からない、どうでもよい、などの意見をしっかり取れる工夫**が必要だ。

調査対象のランダムは保証されているか。米国や韓国の世論の動きも把えているか。

世論は、政治家が国民の信頼を得て創るものだ。政治家は、将来に向かって、憲法のあり方を明確に説明し、国民に賛同してもらえばよい。私が、高校生の頃だが、現憲法の発布に関わった方の講演を聞いたことがある。その時すでに、憲法は解釈の話が持ち上がっていた。こんなことは、あってはならないことだと思っている。

二〇一七年　二月

新憲法の制定

少し古い話になるが、明治憲法は明治二十二年に発布され、建国を世界に知らしめた。この憲法の制定には、多くの国民の総意があり、その八年前の明治十四年に、政府が十年内に憲法を発布することを約束させられた。当時の**国民の憲法に対する期待は大きく**、全国小さな町でも憲法草案を行うような熱心な活動を行った。明治時代でさえ、八年の間にその偉業を達成出来た。今の世のインフラの整った時代に出来ない訳はない。二年ほど先の二〇二〇年か、天皇の交代年度を目標に、新憲法を制定するという決定が何故出来ないのか。決めれば、憲法の全面見直しは確実に進む。次世代には、自らの時代を自力で国家の憲法を定めるという一大事となる。

余談になるが、戦後一年、日本の政治家も憲法について検討していた。それは、明治の民主的憲法の一部の解釈をより明確にし、軍部が独走しない**統帥権の扱いの検討**だった。だが当時、敗戦国に対し**戦勝国がやってはならない国体を変える強制**を米国は侵し、**憲法の草案を一週間で仕上げ日本国に強制した。**戦いに負けたとは言え、ここまで無視されるかと、当時の日本の政治家は口惜しさで涙したという。この憲法は、日本を**永久に無力化する意図**が本音だから、当時から国家のあるべき姿とは程遠い掟ともいうべきものなのだ。
戦後レジームからの脱却というのは、国家の新しい真の独立を、民主主義国家として推進することだ。日本国土の中に、治外法権の米国の領土が存在する事態を、何とも感じない国民であってはならない。

新憲法の制定Ⅱ

二〇一七年　五月

今、政府の発表で**憲法改正の発布目標期日を二〇二〇年**にしたいとの意向が示された。こんなに早く意思表示がなされるとは思っていなかった。どうせぐずぐずと決められないと思っていた。改めて政府の活動能力が優れていることに感服した。

海外首脳との交渉頻度などをみても、従来とは次元の異なる活動であることにも敬服している。首相が体調を壊さないことを願う。また、若い世代は、政治家としての先輩の行動をしっかり参考にして育って欲しい。また、新憲法については、この機会を生かして、如何に**緊急性**があるかも知って欲しい。

今の時代なら、明治時代とは違って、憲法についての国民への浸透や、通信も飛躍的に早いから、検討機関を長く設定することもない。長くすれば必ずしも良くなるとは限らない。少し議論すれば、今の憲法の不備はすぐ分かる。憲法改正というより、**前文を含めると新憲法と言った方が適正**である。どんなに努力しても、未来永劫欠陥のない適正な憲法は出来ない。だから改正がある。次世代がその能力を発揮して決めればよいことだ。今の憲法で過ごした世代は、次世代に責任は持てないから、干渉は控えめにすべきではないか。

新憲法は、将来の日本国家のあり方をしっかり描けば、自ずから詳細は決まる。禁止項目ばかりが先にあるのではない。国家権力を規制することは大事だが、力強く改革出来る権力を持たされない指導者も意味がない。**政治権力を人に委ねる本質**を良く考えることが必要だ。

日本国家像をはっきりしなければならない。国際社会の中で、他に迷惑をかけない程度に協調しながら従ってゆく国家なのか、或いは地球上の国家や民族の規律や、地球環境を含めた運営のあり方を先導してゆく国家を目指すのかでは、憲法のあり方は当然異なる。従って、**過去を引きずる世代の意見は、米国依存の世代**だから、そのことを虚心に反省して良く考える必要がある。同じ現状維持でも、それがどんな根拠に基づくものか喝破することが必要だ。次世代は、己れ自身の進退をかけ重要な時期にあることを認識して欲しい。

二〇一七年　六月

分かり易い憲法

昭和三十年代、大学の教養部の二年間で一般教養として憲法学の講義を受けた。その講義で憲法解釈を勉強したが違和感があった。当時の大学進学の少ない時代に、勉強して憲法を知る人はほんの一部に過ぎない。憲法は国民の多くの人々が知らねばならないものならば、何故簡単明瞭でないのかという疑問だ。

本当は、憲法の創作者の意思をそのまま受け取れば、憲法の規定は単純明解なのだ。それでは実態にそぐわないから、文体の欠陥をつきながら、解釈を変えるのが憲法学なのだ。こんな馬鹿なことがあるか、というのが率直な意見だ。百歩譲って憲法学があるなら、学者として、憲法の内容より憲法の憲法としてあるべき文章の体裁を提示し、日本国憲法は早く改訂すべきだと言わなかったのだろう。

文章は口語体で良い。文章やその構成に疑義があるなら、注釈や法律を提示すればよい。今の高校生は選挙権もあるのだから、**読んで誰でもそのまま素直に解釈出来る**ことが前提だ。憲法の専門家でなければ、深い意味が分からないような憲法であってはならない。政治家が学者と共に議論して論陣を張るなど異常とは思わないか。**改訂し難い憲法ならば、基本的なことだけにする**ことだ。

細かく禁止条項を書くなら、時代の変化に応じて容易に変更出来るシステムを採るべきだ。欠陥があっても変更、改訂が出来ない不合理だけを見ても、**時代に合わない厄介物**ではないか。今の憲法はその理念がしっかりしていないから、改訂と言って屋上屋を重ねることは止めて欲しい。次世代を信じ、また日本国のために、不利益な縛りを残さないことだ。我々の世代の、言行不一致な悪習は終わりにすべきではないか。

憲法改正の失敗

二〇一七年　七月

日本の将来にとって、何が悲劇かと言えば、最大のものは**憲法改正に失敗することだ**。日本人の多くの人々は、世界の中でも、日本が一番自由で良い道徳、良い社会を実現していると思っている。そして、このような社会を、他国に期待している。だがそれは一種の思い違いだ。

本当は、米国の社会が自由民主主義であり、それを日本や韓国に実現させるために、特に日本にはその政策を強要した。その改革の過程なのだ。

長い目で見れない人には分からないだろうが、それは今でも終わってはいない。その根幹にある政策の縛りが、日本国の占領下に発した今の日本国憲法だ。当然のこと、その憲法であるが故に、長い日本国の成長過程で、至る所に齟齬を生じてしまったのだ。悪いことには、米国自体が人種の偏見を制御出来ないままに、アジア人種などを野放図に輸入した。人口は維持できても、民族の異なる価値観の違いにより、社会の崩壊が起こった。半世紀前の社会の優位さは失われた。加えて、**節操のない自由主義陣営の経済開放**により、自由により勝ち得た富は、独裁国家に奪われてゆく。**世界は、独裁国家の社会へとなびき始めた。**

戦後七十年、日本国への米国支配が終わろうとしている。日本の意思がどうあれ、**韓国事情に決着**が着けば、米国の日本支配は終わる。日本の独自の政策による日本社会の維持継続は困難度を増す。憲法を改正しない限り、ひき続き他国に依存する体質は変えられない。米国が引けば、中国の共産主義社会は拡大する。日本にも共産党を始め中国のような共産主義に憧れる人々もいる。憲法に保守的であれば、今の体制を維持するという理念は、米国なき後の社会では、**国家の独自性が許されない**ままに、社会主義への移行は免れない。だから、日本社会の根幹に関わる重要施策が憲法であり、憲法改正に失敗すれば、再び発展の機会はもう戻ってこない。

日本や韓国の繁栄に目を奪われている人は多い。しかし、歴史をよく見れば、**韓国は米軍の支配下**にあればこそ、国力は保たれてきた。この**支えが無ければ今の韓国はない**。日本も同じようなものだ。戦後の社会は、北京に支配される社会を目指す政治家は多くいた。米国の強力なレッドパージにより世情が維持され、また占領下の今の憲法が制定された。自民党は、憲法改正は党の最初からの理念だというが、その言葉はお経のようなもので、**米国支配を是認したための体面作り程度**のものだ。如何に軍備が優れていても、その魂がないから防衛は虚弱で自ら守るという精神に乏しい。

憲法改正の中味の議論で、政治家の間で相互に違いがある。これは、改正の失敗が許されないが故に、その**内容の妥協の議論だ**。しかし、この問題の本質は、**全国民の理解の低さによる一種の妥協**なのだ。だから、国民全員が、事態をよく見、考えなければならない。政治権力、汚職の問題や、官僚規律の問題を国家の一大事に思っている人々は多い。それは感情的に嫌なものだが、国家の道筋に関わる問題ではない。それより**百倍も大きな次世代国家の存立に関わる問題の緊急事態が迫っている**。

一般国民は分からないと言って責任逃れをする。これが最も良くない。分からないのは自分で努力をしないからで、**被害者を装う無責任**ではないか。私の憲法改正についての言及は、もう十年以上になるが、その主張は、独立した日本国家のあり方がその根本にある。**米軍のいない現実を想定した国家の理念が、取りも直さず日本国憲法の概念だ。**成功させて欲しい。

二〇一七年　九月

憲法前文への意見

憲法改正の話になると、特に憲法前文は変だという。改めて読み返してみると**成程変な文章だ。**中学生に読ませるには、後ろめたい気になる。深く考えずにさっと読んで、常識的にその文章の不可解さは次のように感じた。

先ず、一つの文章が、**それだけで意味を伝える完結型になっていない。**言い方は悪いが、頭の悪い人が、まとまりのない言葉を発している現象に似ている。

次に、文章そのものが旧かな使いが混じり洗練されていない。「われら」、「日本国民」という表現は、使い方がまちまちになっている。**通常用いられない語彙**が多い。文章の権威付けなのか、一般人には難しく読めないようにしている。疑義がなく誰でもが読めるものではない。

少し内容を見てみると、**あるべき姿の理念と現状認識の表現が混在**している。屁理屈を言うようだが、「**人類普遍の原理**」が基本で、それが主権在民であるなら、その民により選ばれた政府は国民の意思だ。戦争など政府が起こす行為を述べるなら、国民の意思を排しているかいないかが問題である。政策の可否への言及は区別すべきだ。「**国際的な政治道徳の法則**」の普遍性とは、国連のことを言っているのか、米国の理念を言っているのか不明。言葉の定義がないから理解し難い。存在しない組織を理想とするのは、飛躍し過ぎている。

国際問題と、それに参画し名誉ある地位を占める目標は、理想論の極みだ。憲法が定める国家の行動に制約があれば、国際組織の機能との整合性がない限り、国際関与は机上の空論に等しい。国家の戦争行為や、国際紛争はいつの世でも起こる歴史的現実がある。そのような紛争がない理想論では、全てが空論に見えてくる。

序文には、**何が必要なのか。また、不要なのは何か。**序文に述べるべき事項全体を見直すべきではないか。

戦争放棄条文の問題

二〇一七年　九月

憲法第九条の議論は、誰でも知っていて、仮に時代に合わせ改訂するには、そのままで自衛隊を付加すればよいという意見もある。基本は、今の日本の政治や国際情勢に、このわずか二項の条文が合わない事態になっているからだ。だから、単純に考えれば時代をよく見て改正すればよい。だが、社会は未だに**戦争アレルギー**が強いから反対意見が出てくる。その妥協策のための発言なのか。そもそも**一人前の国家が戦争をしない理念はない。**戦争を回避すべき努力なら、文章は大きく変えなければならない。

九条をさっと読めば、中学生レベルでは、**日本に軍隊があるのはおかしい**ということになるだろう。それが正しい。米軍が、専門家とはいえ、一週間かそこらで作成した文章だ。吟味が十分に出来たとは思えない。当時の米国占領軍は、日本に軍隊を持たせない条文として、簡単に書いたのだろう。

その文が不備だったのか、二項に「前項の目的を達するために」（in order to accomplish the aim）を決まり文句で入れてしまった。憲法は、日本が国際紛争を解決する手段としては、軍隊をもってはいけないし、戦争も出来ない。だが、それ以外の理由であれば、軍隊を持ち、戦争をしてよい自由がある。だから、国防のための戦争は憲法の規定外になる。

ただこの条文の作成された時代は、いわゆる鉄砲の戦争だから、相手に接触して戦う。侵略かどうかの意図はすぐ掴めた。その概念だから、武力による威嚇も行使も明確に禁じることが出来る。これからの戦争は、**戦争概念そのものが変わる**。国土の侵略を試みるのは、共産国家やイスラム国家などにあり、一般的見解は、国土は現状維持が前提となってきた。だから防衛が基本になった。この概念は憲法にはないから戦争の規定はない。加えて言えば、国際紛争への関与も、侵略の概念から外れる。

国土の概念も変化する。戦後の国際ルールは、一部の戦勝国のルールだから、時代と共に変化する。後進国の中国などの国土の理念は、世界を変える時代になる。憲法はそのような事態の想定すらない。

戦争の形態も変わった。ミサイル戦争と核戦争の概念は、攻撃、防御の区別がない。武力の威嚇についても、大量破壊兵器が威嚇かどうかの議論にもなる。要は、戦争は相手国との接触もなく、居ながらにして、たちまち攻撃出来る防御なのだ。

憲法は、次世代を勘案して、後世に負担なく分かり易くすべきだ。不備な憲法に、屋上屋を重ねることは控えるべきだ。憲法が不可解になるほど、訳の分からない屁理屈を述べる学者が増える無駄が増すのではないか。

凡人のみる憲法　二〇一七年　十二月

終戦後の混乱期の中に生まれた日本国憲法は、時代と共に延々と多くの人達の解釈のエネルギーを浪費し、今でも多大なコストを政界や学会に振りまいているようだ。この事態は早急に排除すべきだ。

こういうものはそもそも単純なもので、複雑にすればするほど事実から遊離してゆく。甚だしい議論では、米軍により日本が守られているのが明白なのに、憲法が平和をもたらしたので、平和憲法だという変な政治家もいる。

戦後の状況は、米国が日本との戦争により多大な犠牲を被り、今後、日本には、**絶対に軍備を持たせない**という縛りをかけた。それが今の議論になる第九条だ。更に、その**憲法の改正を困難にする**ようにも考えた。この施策により、その後の民主主義国と共産圏との戦いに於いて、日本国土の中で米軍が自由に振る舞える、**治外法権を獲得**したのだ。これが、戦後七十年の日本の姿だ。

それを日本国民はしっかりと理解する必要がある。この日本国の姿は、普通の先進国家としてのあるべき姿とは違っている。普通に言えば、**米国の属国**なのだが、米国の恩恵により、日本国経済が発展し、世界第二位になってしまったが故に、日本は世界のなかで異常な国家となった。こんなことが許されるはずはない。

従って、今の憲法の改正議論をすればする程、**訳の分からない屁理屈の言い合い**になる。**全部ご破算**にすれば、極めて簡単に国家のあるべき姿を率直に規定出来る。日本国民は、自国のことばかりを考える国民では、あまりにもなさけないではないか。普通の国家であれば、日本ほどの実力があれば、世界へ出て世界を良くする行動を行える筈だ。悪意のある国家も多い中、世界の人々の平和を指導出来る力量もある筈だ。それは、日本が普通の国家ではなく、一時は**世界の先進国**として世界で戦った経験を持つ国でもあるからだ。

老年の世代は、このような矛盾のなかに生きてきたから、人々の考えは硬直している。いわば、平和という電車のただ乗りが普通になってしまったのだ。だからこれからの若い世代は、ごく普通に自力で国家としての実力を発揮し、**世界を良い方へ誘導出来る国を指向すべき**だと思う。憲法は、こまごまとしたことより、**基本的な精神**をしっかりと記述すれば分かりやすいのではないか。

自民党憲法草案への意見

二〇一八年　二月

安倍総理が国会で憲法改正について述べた。第九条はそのままで、自衛隊を付加し明記すればよいという話だ。この発言は自民党の憲法草案とは違う。憲法改正の発議のためにやらざるをえない妥協だと思う。それも分からぬではないが、憲法は普通の議題ではないから、やはりすっきりした文章にすべきではないか。

自民党の憲法草案を読んでみた。幾つか気になるところがある。先ず、憲法の前文は、簡素化したのはよいが、余計なものとして、先の大戦を書くことはない。全体に文章が前文らしくない。箇条書きのようにみえる。もう少し格調高く出来ないものか。人間性や人の上に人をつくらずという道徳的なものには触れないのか。

現憲法の第九条は、条文を残したままなのは条文が無用の長物になる。それだけではない。一項の**戦争放棄**、**威嚇などの概念が**、**国家としては不適**である。ここは、平和主義への希求と努力を述べればよい。二項は削除し軍隊明記の付加はよい。**日本国家は**、**米国基地を廃棄した日本国を描き**、世界に貢献する姿を追求すべきだ。

国家に法律や組織があるのに、憲法に新たな項目の追加が多い。憲法が出来た時代からの社会の進展のためか。**全体に詳細過ぎる**。例えば、緊急事態条文は、基本的なものにし、それ以外は法で補えばよいように思う。**憲法には**、**その組織の理念や主旨を簡潔に触れるだけでよい**。法律の基本的精神を規定すればよい。

自民党憲法草案は、別途に変更箇所の丁寧な解説書を残し、多くの党や議員に納得してもらう努力をすべきだ。中途半端な分かり難い条文を残さないことだ。詳細過ぎて時代と共にすぐ陳腐化するような規定や現在の名称などは法律に譲り憲法では避けるべきだ。全体に文章が複雑幼稚に見え出来栄えにはがっかりした。

憲法改正反対に疑問

二〇一八年　一月

憲法改正に何故反対するのだろうか。これがなかなか分からない。国家の憲法としての体裁や素性が良くないことは既に述べた。これまで何度も憲法の主旨に反することをやらなければ、国家の運営が出来なかったのは誰でも承知の通りだ。それなのに、現憲法を宣伝文句のように平和憲法と言う。とても理解出来ない。

幾つかその理由を考えてみる。平和憲法と言うのは、**日本人は戦争好き**だから、軍隊を持たず戦えなくするというのだろう。このような理由は、大体隣国の意向が絡んでいる。

軍備を持ち世界に貢献するには、日本人は世界に出て**犠牲を払うことになる**。人が死ぬ。それがイヤだから、出来るだけ関わり合いたくない。だから軍備を持ってはいけない。軍備がなければ誰も協力しろとは言わない。この考えも間違いだ。このような利己主義は成り立たない。現在、世界から受けている経済的利益を限りなく放棄して、生活水準を低レベルにすることが出来るのか。その覚悟はあるのか。

軍事費の経費は極めて高価である。だから、**軍事を止めれば社会保障を充実出来る**。これに類する意見は、共産党員から聞く。これは利己主義そのものだ。世界の先進国は、そのような国家を許さない。

日本が**米国の属国**でいられる間は、今の憲法でも何とかなる。米軍に支払うコストは高価だが人命は安全だ。しばらくこのままでいいじゃないかと言う。ところが、**米国人の世論が変わってきた**。自分の事は自分でやれと言っている。これは大変なことだ。その問題の大きな変化すら、政治家でも分かっていないようだ。米国が持つ軍備の水準は一朝一夕には出来ないし、人命の価値に対する意識改革は大きい。

三章　国家と政治のあり方を変えよう

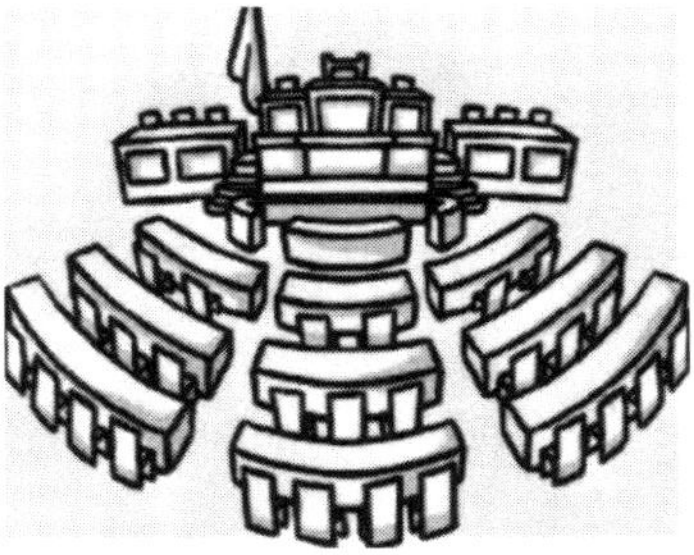

リーダー欠乏症の日本

二〇〇八年　三月

これほどリーダーを欠く日本が、世界に曝されたことはなかった。外から見れば、国の意志や政治が、何一つ決まらない。その日本の事態が世界に報じられている。魅力なく見劣りする政治家や官僚に、国民はうんざりしてしまった。もはや政党支持者は減少し続け、政党政治そのものが支持されなくなっている。

リーダーシップを持つ政治は小泉内閣で終わった。この時に、若い世代のリーダーが出る絶好の機会だったにも拘わらず、自民党、民主党と六名の首相が相次いで消えていった。リーダーシップについては、如何なる集団においても、ある**共通した要件**を備えた人物でなければならない。この点について改めて私なりの、リーダーの要件を整理してみる。

リーダーに必要な事柄は、その人の**人格と指導力**である。少し具体的に言えば、第一に、**事態の本質を見抜く理念や哲学**を持ち、変わることのない**強固な意志**があることである。第二に、**人を見抜く能力**、人の意志を察知出来る能力を有することである。第三は、正しい**情報収集と解析するシステムや能力**だろう。これで、殆どの事態が処理できる。専門分野の知識は、あるに越したことはないが、一般的にはさして重要ではない。政治家や官僚には、往々にして専門分野知識を武器にし、権力争いや批判の道具にしている者が多くいる。

小泉内閣の時も、専門知識の質問ばかりして、それを説明責任という言葉で、批判していた政治家が沢山いたことを思い出して欲しい。それより、**先を見据えたしっかりした考え**が如何に大切か、また、進路を明示することが、数段大切なことであることを再認識して欲しい。

ルビコン川を渡れ

二〇〇九年　一月

世界の歴史を教える教師が弱体化し、教えられる世代の知識の低下が危ぶまれる。三千年にわたる世界の歴史の本質を、大多数の国民にしっかりと知らしめた国は、世界でも、日本はトップクラスと思っていたのは間違いなのだろうか。

最近特に、日本が侵略したとかしなかったとかの話が、国内のみならず国家間でも問題になる。そのような論議を聞く度に、**歴史的な大局観の欠如**を感じ、人の主体性のなさや自信のなさが心に沁みる。

世界の中の、国家の歴史は全て侵略の歴史であり、それは現代でも行われている。いや、むしろ歴史的にみれば、その事態は大きくなっている。侵略に良い悪いはなく、国家そのものがその結果の証である。

侵略には、勿論、非人道的な側面や、大小の違いはあるが、国のみならず団体、即ち部族から始まり、人種、宗教、哲学など、人であるが故に、逃れる事が出来ない本質なのである。

侵略はそのやり方は異なっても、人類の歴史が始まってから無くなることはなく、繰返し繰返し行われている。平和は、一連の侵略の狭間にあるバランスと休息になっている。**国家は、時代に即応した防御を怠った時に滅びる。**その国の政治が頽廃すれば、国は弱体化し滅びて行くことは、歴史をみればすぐ分かる。国家や政権が、何年も継続されたのは、多大なエネルギーと犠牲の上に、改革や変化が絶えず行われた結果である。現在の日本は、世界の大きな動きの中に、存在を知らしめたまでは良かったが、残念ながら衰退の域に来ている。

かつて、古代ローマ帝国が、危機に瀕した時と、今の日本は類似している。政治は元老院による利権争いや勢力争いが横行し、肥大化した国家は機能停止の状態になる。このような時に、国家を救ったのは、犠牲を覚悟で、ルビコン川を渡って、政権を粛清した青年の一団だった。

日本の政治は、二大政党などと言って、理念も合わない政治家が、徒党を組んでまやかしの政治を行っている。自民党も民主党も、その中味には仏の魂が入っていない。日本の国家を、世界に向けて、どう導こうとしているか全く分からない。せめて、小さくてもいい、失敗してもいい、はっきりと、何年の間に、このような国家を目指すという、**理念の集団を形成し、ルビコン川を渡って欲しい**。でなければ、民主主義と言いながらも、選挙で選択するものも見えてこない。今がその絶好の機会であり、未来に向けて発展する社会を築く分岐点に来ている。リーダーを目指す政治家であるなら、失敗を恐れてはいけない。若さはエネルギーだから、失敗があってもそれは後に必ず力になる。機会を失したら、次の機会はないことを良く認識して欲しい。

今の日本は幕末である　二〇一〇年　四月

幕末などと言えば、時代錯誤と言われるかも知れない。しかし、時代時代で、その環境の違いや、文明のレベルは違っても、本質は何も変わってはいない。地球上の三千年に及ぶ文明の歴史は、姿は変えても、その底流にある民族主義は不変で、特に近代では、より複雑化しつつある。

古代から現在に至るまで、民族は繁栄のために、身を挺して戦い続ける。他民族に支配される恐怖は、どの国家でも最大の政治課題で全てがここに帰結する。日本では幕末の時期に、当時の大国から植民地にされる危機があり、周辺諸国に比べ、最も軽度の被害でその時代を乗り切れた歴史がある。幕末当時、その危機的状況に鑑み、**梁川星巌**は、中世の元寇、和寇の歴史に思いを馳せ、世間の志気を鼓舞した史実がある。その当時の脅威は明国だった。

幕末では、言うまでもなく欧州列国だった。明治では、それがロシアとなり、更に世界大戦では米国となった。

ＮＨＫの番組で、幕末の**坂本龍馬**の物語が放送されている。その中で、龍馬は、「日本国の危機の中で、幕府や御所や藩が争っている場合ではない、一致して何をなすべきか。更に、自分は、人と喧嘩したり、殺したりすることは嫌いだ。自分が、千葉道場で、北辰一刀流の免許皆伝を受けたら、それを知っている人は、誰も喧嘩を仕掛けてこない。だから**日本を守るなら、日本が強い国であることを皆に認めさせることだ**」と言っている。明治の日本は、その通りに動いた。全てを犠牲にしても、**富国強兵を優先**させたのである。現代では単純な兵力だけの問題ではない。しかし今の日本は、戦後の憲法により、戦後体制のいびつなシステムの中に埋没し、動きが取れなくなっている。

歴史の教育は大切である。戦後の教育や教師に問題もあろう。だが、教育の教科として、現代までの史実を、的確に教えることを怠ってはならない。史実をしっかりと勉強させることが重要で、その中に流れる理念や思想は、子供達が、その勉強の中から、自ら掴み取っていくものである。日本のトップが友愛と言っている。友愛はトップの理念ではない。友愛は、別の角度から取り組む、重要な課題ではあるが、政治が必要としているものは、次世代へ向けての強烈なリーダーシップである。

国家と外交

二〇一〇年　五月

日本国が、古代より国家元首として天皇を戴いているのは承知の通りだ。それを歴史的によく見ると、長い歴史の中で、天皇は国家のために、何の機能も果たしていない時期が沢山ある。今でも、天皇が果たしている機能は限りなく無に近い。だが、国民は天皇制を止められない。本当に国家が破綻する危機が生じれば、天皇は何時でも心のよりどころとして機能するのである。それは、天皇制というより、国民の持って生まれた心の中に、何時の時代にでも、天皇が存在しているのである。

同様に、中国や、主に陸続きの国々には、中華思想がある。中国の首都を中心にして、その周囲の地方、国々が統治されるだけではなく、その文化もここを中心にして繁栄する。今は共産主義の国家であるが、共産主義の哲学ではなく、国家統治の下に従っている。長い歴史でも、中華は人の心臓部分と同じである。

従って、中華は、一旦周辺に困難が生じれば、それを助けにゆくのは、ごく自然のことであり、その代償目的よりは、傷を治しに行くという思いに近い。例としては、多少適切さを欠くが、中華から見れば、北朝鮮は、幕府からみた薩摩藩のようなもので、韓国とて同様である。チベットやウイグルなどは言うまでもない。日本は、その外側の島々であり、歴史的には、あまり興味のない国であり、中華に害を及ぼさねば、情報の必要もなかった。今の沖縄なども、琉球という、中国に対する従属的な礼節をもつ国だった。

従って、韓国から見た日本は、近くても中国より親近感は乏しく、むしろ夷狄だった。日経新聞の連載小説、**辻原登『韃靼の馬』**にも、朝鮮の高官が日本を評して、「**中華より遠ざかるほど、かくの如き堕落、頽廃ぶり激しく、これも華夷秩序の末席に連なる国ゆえか。**」というくだりがある。勿論、この小説はフィクションだが、史実にある資料の多くが、至るところに出てくる小説であり、なかなかの力作と思える。古書をみれば、このような記述は他にもみられる。現代の文化の中で、そのような、合理的でない思想が、顕著に出ることもないが、日本の心に天皇があるのと同様、大陸の民族にも心に中華があることを見逃してはならない。

歴史家の国家観

二〇一〇年　六月

明治生まれの歴史家で、また優れた漢詩人でもある**徳富蘇峰**を紹介する。今、政治の世界では、真の政治家が居なくなり、勢力を如何に大きくするかの方策ばかりが横行し目立つ。政治家は、日本の歴史を踏まえれば、自ずから優れた政治が出来る。それを蘇峰に学ぶべきだ。

蘇峰は、明治、大正、昭和と生き、日本国の行方を、身をもって体験し、古代、中世の日本国家の歴史を研究した。彼の著**『近世日本国民史』**は、優れた歴史書であり大作である。蘇峰五十六歳より起稿し、三十年に及ぶ期間を費やし、脱稿時は、太平洋戦争後となり、歳も九十歳に達する、生涯をかけた著書である。不幸にして、著書は戦後のＧＨＱの、出版物検閲、いわゆる焚書坑儒の憂き目をみることにもなった。それらの中から、蘇峰の吐露した言葉を、幾つか紹介する。

「帝国憲法を廃棄して、孟浪杜撰《もうろうずさん》の新憲法に変えたるごときは、不快事の最も主なる一つである。いやしくも虚心平気に解釈すれば、帝国憲法をほとんどそのまま新たなるわが日本の状態に適用するにおいて、何の差支えもあるべきはずはない。しかるにこれに代うるに新憲法をもってしたるは、あたかも玉に代うるに瓦礫《がれき》をもってしたるの類である。孟浪杜撰という証拠の一は、新憲法第九条を見ても明白である。戦争放棄とか、武備全廃とか、永世中立とかいうごときは、象牙の塔内にて学者が空想するには、一種の題目たることを失わないが、現在世界に国を建てて、国政を運営して行く国家の憲法としては、絶対に実行すべからざるものである。すなわち今日においても日本が自衛をなさんとするに、この一条が妨げとなりて、自縄自縛の態となっているではないか。」

「幸いに米国がわが国情をよく洞察し、皇室制度を全廃せずして存在せしめたが、わが国民の知識階級の先走りたる者どもは、皇室無用論を唱え、必ずしも皇室を全廃するとはいわぬが、皇室をなるべく人の目につかぬところに押し込め置くことを主張したる者も少なくなかった。彼らは日本が、皇室があるために統一せられ、皇室があるがために独立国の体面を全うし、皇室あるがためにともかくも他国の侵略を免れたることを気附かず、皇室をもってあたかも国民の厄介物視し、食客視するに至りたる者も少なくなかった。」

「予は必ずしも世間のいわゆる反動主義者でもなければ、封建主義者でもない。民主主義の敵でもなければ、自由主義の仇でもない。ただ彼らが幾千年来養成し来りたるわが国家と民族の歴史を無視して、ひとえに他国の模倣をこれ努めているのを苦々しく思うのみである。」

「いずれの国家も必ずその国の個性を尊重し、その個性を日進の大勢に順応せしめて行きつつある。独りわが国のみがその歴史を捨て、その個性を捨て、民主化といえばあたかも米国化と同一視するがごとき状態たるに至りては、軽躁浮薄《けいそうふはく》もここに至って極まるといわねばならぬ。」「要するにわが国の為政者もしくは政論家のごときも、日本建国以来の歴史はもちろん、現代日本の母胎ともいうべき明治維新の歴史さえも、殆ど濛々憒憒《もうもうかいかい》に附し去って、我々先輩がいかに辛苦経営して、現代日本を開拓し来りたるかを、忘却するといわんよりも、むしろ一切無関心に附し去ったることは、まことに痛歎に余りあることといわねばならぬ。」

本稿が書かれた時より、もう六十年の歳月が過ぎてしまった。未だに何も自主的改革が出来ない今日の政治を、蘇峰が知ったら何と言うだろう。残念なことだが、このような価値ある書が読まれず絶版になっている。

二〇一〇年　七月

トップリーダーにあるまじきこと

社会の中で、トップリーダーに接する機会が多かったせいか、これまでに、リーダーのことを幾つか書いてきた。昨今の政治家の動向をみて、つい気になって書いてみた。

リーダーは選ばれる。**選ばれたリーダーが迎合型なのが最もよくない**。そのようなリーダーを持ってしまう集団は不幸になり、倒産の憂き目をみることになる。迎合型は、一見心地よく見えるから、周りはうっかりして信じてしまう。このタイプは世の中に多く存在する。特にマスコミの発達から益々増えてきた。迎合型の特徴は、理念や信念が受け売りだから、色々な暗示に容易に反応しそれを自分の意思と信じてしまう。またそのタイプは話術がうまい。自分の言葉ではない言葉、其の世界の専門用語を使うのを好むタイプは、大抵迎合型とみてよい。

トップリーダーの優れた者は、例えどんな場合であろうと、いわゆる「たなぼた」で得た権力であっても、その心底には、長く培われた理念に基く行動指針が出来上がっているから、行うことは明瞭である。「国民の意思が」とか「皆の気持ちが」とか「世論が」とかいう必要もなく、自分が支持されていることを信じて、最大の力量を発揮出来るのが本当のリーダーである。

今読んでいる本が徳富蘇峰であり、彼が大正八年織田信長の歴史の執筆中に、巻頭に示した言葉を紹介する。

「現在の識者、政治家と申す人達は、如何にも小賢《こざか》しくある、彼等は只だ他の顔色のみを見て其の発言をなし、挙措《きょそ》をする。何事も自家の見識より割り出したる事なく、唯だ他の注文に応ずるだけの事をするを以て、其の役目を皆済《すま》したものと心得て居る。之を内にしては、国内の与論と言い、之を外にしては、世界の与論と言う。」

「しかし、其の与論なるものは、何人《なにびと》が作り出だすもの乎《か》。一国内の与論を率《ひき》ゆる者が、一国の経世家《けいせいか》であり、世界の与論を率ゆる者が、世界の経世家である。吾人が自主的と言うは、我より進んで他を率ゆるの意気、精神、態度、行動を総称するものである。」「平民主義の社会に、自主的気分が漂はざる時には、社会を挙げて、附和、雷同の応声虫の巣窟たらしむるに過ぎぬではあるまい乎。」

今より九十年前の言である。

二〇一一年　一月

政治家の本質

「天は人の上に人を造らず、人の下に人を造らず」の言葉で始まる『学問のすすめ』を書いた福沢諭吉は、

「一国中に人を支配するほどの才徳を備ふる者は、千人の内一人に過ぎず。」と言っている。

さらに、

「国内の事なればともかくもなれども、一旦外国と戦争などの事あらば、その不都合なること思ひ見るべし。無知無力の小民等、戈《ほこ》を倒《さかしま》にすることもなかるべけれども『我々は客分のことなるゆゑ一命を棄《す》つるは過分なり』とて逃げ走る者多かるべし。」

と、政治家のみならず、多くの民衆の知力の向上と、独立心の大切さを述べている。

古典を読む場合、気をつけなければならないのは、その時代の、背景の本質をみると共に、語句の持つ意味を、現代の意味ではない、本来の意味に置き換えることである。

「独立の気力なき者は、国を思ふこと深切ならず」という言葉がある。

「独立とは、自分にて自分の身を支配し他に依りすがる心なきをいふ。」

深切は、深く切実なことをいう。即ち、国民の一人ひとりが独立せず、人に寄りすがる者ば

かりが多くなれば、その国の文化も体制も崩壊すると言っている。国民の教育が、如何に大切かと言うことである。但し教育は、**独立の気力を養う**ことであり、最近の教育とは異なるものである。最近、若い世代に、独立心のない者が増えたことは注意を要する。

「文明の根本は人民独立の気力にあり。」

これは、文明の発展により得られた形が、ただ形のみで金で買えるものであるが、金では買えない文明の精神は、至大至重の物で、それが人民独立の気力であると言っている。この気力がなければ、文明の形もいずれ無用の長物となってしまう。

今の多くの政治家は、国、地方を問わず殆どの者が独立心を失い、その心のない者ほど徒党を組み利権を守ろうと走りまわる。その姿の中に、優れた指導者を見出すのは至難のわざだ。試行錯誤の成り行きは、毎年、何人かの総理大臣を取替えてみるまでになった。まさに不毛の行状と言わざるを得ない。更に個人も国家も、自分の能力以上の生活や享楽を得ようと借金し、返却する意志も方策もなく、そのあげくは、借金しなければ損だなどと言う風潮が蔓延し、借金や貧困で国家は滅亡することはないなどと嘯く国家元首までも出現する。

改革は一朝一夕にはならず、堕落する過程と同じ程の年月を要する。多くの国民の教育は、国家たらしめる本質を先人の知恵から学ぶのだ。**政治家の本質は国家の本質を見抜くこと**で、それは百年経っても変わらない。

国境紛争を読む

二〇一三年　一月

日本は、中国、韓国、ロシアの隣国と、深刻な紛争を起こしている。一歩間違えば、戦争の局面への展開も起こり得る。まさか、と思うかも知れないが、これが現実である。世界の三千年以上の歴史は、この国土を争う歴史であり、今の時代に、終結することはあり得ない。この争いの基には、民族と宗教の異なる価値観の違いがあるからである。

特に、中国は、民族というより、強力な思想の背景の中から、極めて独裁的な一個人が、重大な局面を容易に左右出来る体制をもつから極めて危険である。歴史や、価値観が異なるということは、国境など有って無きが如しで、国際ルールもそれを作った時の勝利者の論理であり、国が強大になれば、その国の意思により変えられる。

中国の歴史や文学を学べば、中国が他国の歴史認識を批判する独善的な側面があるのが分かる。例えば、他国家が内政干渉とも言える歴史認識を批判しても、その正当性はどうでもよくて、自己の正当性を証明するような発想はない。共同研究などは無意味に近い。己の間違った認識をなおざりにするのは日本の常識では考え難い。

一言で言えば、誠実さとか、真実に対する価値観が薄い。国際的取引の常識のようなものでも、何が真実かは分かっていても、それは大事なことではなく、**方便により嘘もまた戦略**である。日本国内でも若年世代では、そのような考えを持つ人は、増加しているように見受ける。かつて、正しき者は最後には必ず勝つという観念が無くなってきている。

中国の、今の権力者が、どんな教育の水準にあるかは分からない。歴史や文学を、どのように読んだかも分からない。まして、何を考え、何を目指すかが分かる筈もない。そこで私は、少し違った見方で、中国の文献語録を見てみたら、面白い言葉があったので、その幾つかを書いてみることにした。

「大国《たいこく》を治むるは、小鮮《しょうせん》を烹《に》るが若《ごと》し」（老子）　小さい魚を煮るように、つつき回さず煮えるにまかせば、自から治まってくる。下手に手をつけると争乱が起こる。

「兵の形は、実を避けて虚を撃つ」（孫子）　相手の主力を避けて、手薄のところを撃つべきである。

「国、大なりと雖《いえど》も、戦いを好めば必ず亡び、天下平らかなりと雖も、戦いを忘るれば必ず危うし」（司馬法）　どんなに国が大きくとも、戦争好きでは必ず亡びる。また、どんなに天下が太平であっても、万一の戦争に対する準備を忘れるようでは、必ず危なくなるものだ。

「戦いは治気《ちき》に在《あ》り、攻むるは意表に在り」（尉繚子）　戦いの開始にあたって、まず士気を統一することが肝要であり、攻撃においては、敵の意表を衝く、敵の予測に反した行為に出ることだ。

「深謀遠慮は、軍を行《や》り兵を用うるの道なり」（賈誼）　奥深い謀計と、将来への憂慮のあることが、用兵上の大切な心得だ。

「此の膝《ひざ》一たび屈すれば、復《ま》た伸ぶべからず」（胡銓）　一度膝を屈して敵国に降服すれば、その汚辱は再びすすぐことが出来ない。

「**大功を成す者は衆に謀らず**」（趙策）大事業をなそうとする者は、独断専行して一々人に相談しない。

相手がこのような思考を持っていたら、我々はどう対応すればよいのか。中国は相手国に対し真摯な対応をする人より、戦略的対応と、成果を得ることの出来る相手を尊敬し、交渉の土俵に上がると思う。

従って対応は、国民全体が国家認識を共有することだ。独力で即応出来、守れる力を質実共に具備することだ。深謀遠慮もなく、のこのこ出かける政治家は論外である。また、日本全体に、不備で動きも出来ない国防など、どう見てもちぐはぐの感が払拭出来ない。中国は、一度日本に屈したことを最大の恥辱と思っている。誤って屈するということは、そのことを指している。言えることは、絶対に相手の挑発に乗ってはならないことだ。中国の周近平は軍の専門家である。

海洋国家日本

二〇一四年　三月

日本は国家として、もう一度、じっくりと、**全体像を眺めてみる必要**がある。そうすると、広大な面積と、その統治のアンバランスが目につく。人は、通常は自分の行動の範囲から物事を判断するから、対策も、極めて身近なものばかりになり大局観を失う。

広大な海や島々は、確かに陸地のように直ちに利益を生み出さない。手持ちのアクセサリーのように、維持するコストばかりかかるように見える。しかし、**新しい発想をもってこの国家を俯瞰**すれば、運用の多彩な模様がみえてくる。沖縄からずっと南の宮古島や石垣島は、東京の気候とは異なる環境であり、その中の産業や観光は多くの魅力を秘めている。今の日本人は、より開発が進み、設備が整った外国へ観光やレジャーを求める。米国の施設のグアムやサイパンは、かなりのインフラが整っているが、日本の島々は、手がついていないといってよい。石垣島の空港の開港が、やっと一年というところだから、あとは推して知るべしだ。

レジャーは、北から南へ向かう傾向がある。本土から南に点在する島々は、その位置、気候によって多彩な環境を提供出来る。問題は、そこへ行く利便性など、行楽の環境をどう整備するかにある。宮古、石垣から尖閣に至る遊覧など、日常的に客が溢れるようになれば、日本国家の領海としての知名も、自然に世界に示すことが出来る。離島から政治家は出ない。だから政治に反映出来ていないが、周囲の国家との軋轢を生んでいる現況であれば、考え直す好機ではないだろうか。

勿論、国家予算は大変だが、農政に支払うコストの削減を考えれば、沖縄をはじめ、北は対馬や五島列島、南は石垣、小笠原などへ支払う資金は対応出来るのではないか。海洋を中心に、国家像をイメージすれば、現在の**海軍力、空軍力もずっと増強**しなければならないことも分かる。そう言えば、すぐにかつての太平洋戦争を持ち出す人が居るが、理念は基本的に異なる。海洋の、北から南へ広がる国家は世界にも多くない。国土の大きい国家も羨ましいが、海洋の大きな国家も、羨ましがられる国として存在感は大きくなる。

島々の自然は、勿論大切にしなければならない。それをうまく調和させたインフラを設計出来ると思う。離島の行政を、**質実共に貧困な地方行政の配下に置くのは稚拙**である。国家の知恵と財力がなければ、この構想は実現出来ない。実現出来れば、地方行政に移管すればよいのである。国の施策が、自ら作り出した足かせで、動きがとれない日本の政治は、もう少し自由な動きに改善すべきではないか。

人事の王道

二〇一四年　十月

日本の歴代の政治の統括者が行う人事について、私が最も心配しているものの一つは、人事の王道を貫けるかどうかということである。口では実力内閣というが、それが、本質的に的を射た表現になっていない。

大抵の場合、統括者が志向する政治に好ましい人材を起用するが、実務になると大衆の喜びそうな人事や、執政の宣伝になる人、或いは派閥の協調などの面に流れ易くなり、そこから政権が崩壊することが多い。

人事は、志向する政治に**最も優れ適した人材**を起用することが重要であり、政治の良し悪しはこれで決まる。政治の執行を行うならば、己の志向する政治理念を推進するに、最も適正な人材を起用すべきである。当然のことだが、そういう人材は数多くはいない。従って、何も変わり映えのしない人事となるのも当然だし、それを気にしたら、誤った方策を行うことになる。要は、最も適正な人材を、見抜く力がないと出来ないということだ。新人で、たとえ、小さな過ちをおかしても、目標を外さない人材はいるし、そのような中から、新しい発想も出てくる。これが本当の人事である。

日本の統治者が、短命に過ぎるのは、殆ど**人事の誤り**からきている。人を見る目の優れた政治家だったら、このような誤りは少なくなるが、政党政治は、このような人材が集まるような仕組みとは、殆ど別の次元に左右されているから、あまり期待は出来ない。国政は、勉強ではなく、実践であるという気迫が欠けるのも、また政党政治の欠陥である。人事を間違えたら、政治でも企業でも同じ、たちまち苦境が訪れる。**人事の王道は、組織運営の生命であるという認識を**、もう一度再確認し、直ちに手を打つことを望む。

国連の衰退

二〇一六年　一月

国際連合は、今後ますます衰退してゆく。日本は、本年より非常任理事国として活躍が期待されている。国家統括の優れた国として認知されているのは喜ばしいことである。だが、長い目でみれば、国連は如何にもがいても、世界の秩序を保つ機能をもつ組織であり続けることは難しい。戦後に発足した組織として、世界の平和と秩序を維持するという期待は、徐々に**無力化されてゆく経過**をたどる。その組織の武力行使は、殆ど用をなさず、後始末や援助程度のものになっている。北朝鮮のような理不尽すら処置出来ないではないか。

そもそも国連に、世界の統治を期待すること自体に無理がある。この組織は、世界大戦後の戦勝国の理念として出来たもので、半世紀以上もの時を経た時代に機能するはずもない。それにも拘わらず、組織の改革は出来ない。国家間の軋轢のなか、国家の価値観が異なり、力のバランスを保つことの論理では限界がある。今後ますますこの組織は衰退せざるを得ない。日本の常任理事国見送りの時点が、この組織の威力の分水嶺だったかも知れない。

これらの組織やルールは、かつての戦勝国の武力や財力ある国家が支配した。いわゆる**先進国時代では能く機能**した。しかし今後は、それらの国家よりも圧倒的多数の発展途上国や民族、及びそれらの持つ武力や財力が膨大となり秩序は破壊されてゆく。**先進国のルールや価値観は壊され、新時代の価値観へと移ってゆく**。国家イメージも変質し、国境は限りなく破壊、消滅してゆく。既に、中東が現実にその状態にある。中国やロシアには、現国境自体のあり方が無意味で、誰も制御できない。

更に、ＥＵは、経済統合の理念から共同体をなしたが、このことによる国家の個性的社会心理や道徳、あるいは優れた国家になる向上心のようなものまでが埋没してゆく。競争のないところには、必ず落ちこぼれのような扶養される部分が蔓延する。国境がないから、民族の移動も制御不能になってゆく。同時に、それによりその社会のモラルも変質する。

日本国は英国と同様に島国だから、国境の概念はまだ健在だが、それとて安泰ではない。英国には**スコットランド**のような問題があり、日本にも王朝の異なる**沖縄**がある。韓国は中国とは陸続きだから、限りなく中国化する。米国はいずれ引き揚げる。ロシアはもともと縛りを守る価値観がなく、限りなく南下を図る。北方四島などの問題は、米国との力学の中にある。

日本の大部分の方々は、戦後の理想教育が根を張っているせいか、未だに**性善説**のような理想を描いている人が多い。平和的で穏やかだが、その状態が保てたのも、これまでの**米国傘下の恩恵**である。日本の国としての力量で得られたものではない。次世代の方々は、**日本国の本質を良く見て世界の国々をしっかり観察**して欲しい。あまい理想は不毛とはいわないが、その前に強靭でなければ何も出来ないことを分かって欲しい。

中国共産主義社会

二〇一六年　二月

自由主義社会を信奉する人々から見れば、専制君主が率いる国家は、市民による制御が効かないので、軍国主義に歯止めがかからないという論理がその根底にある。その論理に疑いがあるわけではない。だが、当時の国際社会は、国家間の距離が、今よりずっと遠かったから、それぞれの国家の動きは緩やかで、この論理も十分に機能した。

専制君主の中国から見れば、自由民主主義という国家は矛盾だらけにみえる。政策は議論ばかりで決まらないし、長期計画も持てず、為政者はすぐ変わるのでその度毎に政策が変わり、信頼のおけない国家にみえる。

中国の国家戦略は百年と言われているが、それをやり遂げる為政者は、長期に権力を与えられる。いや君主自らが任期を決める。君主が選択を誤らなければ国家の発展は確実である。専制君主国家でも、国際的に門戸を開けば、自国の発展に有利なものは容易に手に入るようになる。専制君主国家は、主要なものは殆ど国家の支配下にあり、国内で競合しない。海外自由貿易圏と競合すれば有利なことは言うまでもない。**専制君主国家が、国際的に自由貿易圏に入ること自体が間違っている。**だから、現在の中国が盟主になって推進する共同体は、それぞれが専制君主国家群なのである。その国際のルールも、盟主の都合によって決めることも出来る。

国連のような組織の機能は著しく衰退する。

残念ながら、民主化と自由貿易を国際的に推進しようとしていた米国の努力は、中国の台頭によって挫折する。米国自体が自信をなくし、国の保護主義へ転向する危惧がある。これは安全保障の面に於いても同じである。米国政府は民主主義の価値観をもっていても、国民は次第に内向する結果、世界への影響力は失せてゆく。

日本は勿論、自由民主主義国家の価値観をもっているが、国民のかなりの方々が平和ぼけになってしまった結果、国際情勢分析の興味が薄く、国際的な現実から置き去りにされる危機が迫っている。

ここ十年余りの世界の戦争の現実は的確に捉えているか。二十一世紀の戦争は、爆破などによるテロの代理戦争である。テロ組織には、資金や武器を供給する国がついているから、テロは無くなるどころか、組織は複雑化し増加する。日本では、世界に起こるテロを、単発的に捉える報道や認識の域を出ていない。

テロ集団には、アルカイダ、タリバン、ボコハラム、イスラム、ヒズボラ、ヌスラ、トルキスタン・イスラムなど複雑で、背後の米、英、仏、露、中国、サウジ、トルコ、イスラエルが関わっている。そのような中に、自由民主主義国家は、脆弱な体を晒すことになる。中国共産主義国家は、国際的にこれほど情報が飛び交う環境になっても、国民への情報開示については、あらゆる手段で阻止し、国家の意志に反するものは制御する。結果がどうなるかは不明だが、いずれ崩壊するという楽観は極めて危険な状況である。

学生や若い世代に、是非読んでもらいたいのは、**マイケル・ピルズベリー**著の『China 2049』である。**中国百年の戦略の大成は二〇四九年にあることを述べている。**この本の内容を信じるかどうかは、読まれる方の自由だが、普通の評論家の著ではなく、ニクソン、キッシンジャー時代から、中国との政治外交のトップで活躍していたピルズベリーだからフィクションではない。今の政治家の有能な方は、先ず間違いなくこの本を読んでいる。いずれにしても、読めば、次世代の方々の国際感覚は深まり、今の日本の国家像を考える糧となるのは間違いない。

日本国家百年の計は、深く検討された国家体系の革新となる憲法でなければならない。時間的余裕はもうない。次世代の方々は、それを認識して行動を起こして欲しい。

為政者の任期

二〇一六年　五月

政治家は、選挙で選出されたら、何が何でも**任期を全うする責任**を持てと言いたい。選挙民の多数決で、為政者は選ばれたことを尊重しなければならない。ところが、選挙で劣勢になった野党は、体制を変えたいから、不信任案を乱発する。**選挙の任期を政争の具**に使う習慣になりその意義を軽くみる。**職務の本質の理解が狂う**と、政治の質が落ち、責任に対する深慮に欠ける。政治家の質が落ちるから、国民の政治に対する関心も落ちてゆく。民主政治の本筋は、国民が指導者を選び、選んだ指導者に政治を任せることだ。今の政治家は、その**本筋が理解出来ない小さな政治家**になったようだ。選挙は、政策の前に、政治家という人を選んでいる。筋が通らないのは、政策毎に劣勢で意見が異なるだけで、不信任案を出す習慣が当たり前になっている。

選挙は、政治家の政策だけで選択されたとの思い込みが強い。選挙民は、政策を選ぶ前に政治家そのものの理念を選択している。その感覚が、狂い始めたようだ。前にも言ったが、理念の全く異なる人物を、見境もなく党首にした政治が始まった時期からだ。その後は、そのような行為を行う政党の信頼は薄れ、政党政治の崩壊する時代となった。今でもその状態は続いている。いわゆる浮動票の増加だ。

政治を誰に託すかという選択が、まさに選挙であって欲しい。政治の本質は、**その政治家が持つ人間性であり、その理念である。**政策はそこから出てくる指導力である。選挙で公約する政策は、分かり易いため一部を提示したもので全てではない。だから、選挙で政治を託する政治家を選ぶのである。

二大政党で政権交替が出来る政治をやりたいという。それなら二大政党は政策ではなく、それぞれに政党としての理念が一致した集団でなければならない。日本の政党を二大政党にするというのは、政治家は、本質をもう一度深く考え直したらどうか。簡単に言えば、自民党は、政治の長期的視野に立ち政策を行うから、現在の憲法を改定する党である。民進党は、現在の政策だけを重視するから、憲法は改正しない党ということになる。共産党は、今の主要な政治骨格を全て否定するから、これは二大政党には入り得ない。従って、選挙はここが明確にならなければ、政治家の選択の質の低下は止まらない。

政党の本質が明確になれば、選挙は分かりやすい。任期いっぱいに活躍できる信頼感が得られる。政策の重要性も成果も、権限の期間が数年以上にわたり行われるから、大きな改革が出来る。また他国との相互関係も、より能動的に行える。

日本は、政治システムに多少問題がある。それでも、このシステムの運用を是正すれば、他国に準ずるほどの政権が出来るから、国民も議会も是正してゆく努力をすべきだと思う。民主主義運営の欠陥が直せそうにないという危惧は、どうやら、国民や政治家の利己主義的思想が蔓延してきたという背景からかも知れない。

国家のシミュレーション

二〇一六年　七月

シミュレーションというのは、幾つかの過去の事実を用い、来るべき状況の変化を想定し、その結果の起こり得る姿を描くことである。過去の事実は変えられないが、来るべき状況は如何様にも想定出来、結果の姿は、意外な想定すら現れてくる。

国家群のパワーバランスは、常識の域を出られないから、一般的には将来共に変化しないと思い込む。批判を承知の上で、**想定外の将来の日本**の周囲に関する想定を書いてみた。この仮説は**半世紀後程度**としておく。

中国は共産党政権になって、まだ百年程なら、その歴史が示すように国体は滅びない。中興の祖が政権を維持している。

香港は、既に中国内の自治区として中央政府の管理下にあり、世界経済の主役を維持している。台湾政府は香港の成功例を踏襲して、中国政府の管轄の下改革が進んでいる。香港、台湾を結ぶ海峡は、実質的に中国海軍の支配下になった。言論の自由や人権の尊重は、社会主義独特の決まりとして、政府に対する批判は制限されているから、体制の維持は無難に推進されている。

韓国や日本に駐留した米国の軍隊は、米国民の総意により段階的に撤収して最終局面にある。過去の大戦の始末として、米国の占領形態が終結する。韓国の軍備に関する問題は、中国の管理下に移る。中国はかつてのロシアのように滅びないから、北朝鮮は健在で、中国の経済援助を中心に、朝鮮半島の統合が行われる。勿論、香港の成功例に習って、中国の自治区に準じる国家として機能する改革が行われる。

沖縄から米軍の撤退も終わったので、**沖縄は、中国からの経済援助などを期待して、独立運動**が盛んになる。沖縄が独立すれば、尖閣領有問題は自然消滅する。

米国自体は、エネルギー源を含め、各産業がバランスよく成長しているので、自国経済だけの循環に問題はなく自国経済主体の経済環境になっている。財政は国防予算の軽減により社会保障も進展する。ＴＰＰのような協定の価値は無くなった。東南アジアの諸国は、中国経済圏の中にあり、盟主の中国の意向を尊重している。

さて、日本の民主主義だが、束縛感のない自由な解放感はあるが、政治は相変わらず統制力に欠け、**政策が近視眼的になり、国防も経済も縮小し二流以下**に落ちる。日本国憲法も一部改正はされたが、政治の権限を縛るので、体制は相変わらず動きがとれない。日本の**軍隊による国防の概念は殆ど用をなさない**。無用の長物という程ではないが、漁民や天然資源の保護活動が主な役割である。さしあたり、中国も米国も、日本を滅ぼす積りはないから、ＥＵ諸国程度のレベルで維持されている。大国の経済や軍事の緩衝的役割には寄与している。

日本の優れた人材は、殆ど海外で活躍しているから、国内の政治にはあまり関わりがない。日本では格差などと言って、成功による富豪の居心地が良くないので、海外の国籍を取得する。松井、イチロークラスは殆ど外国籍となり、日本は故郷的存在になる。日本の有力企業の利益は、むしろ海外に寄与している。日本へは故郷納税である。

政府の問題は、専ら国家の財政収支である。経済成長期のインフラ遺産の維持費に苦しむ。他国を支配する力量は必要としないし、他国にとっても、日本を気にする存在では無くなった。戦力は実質的に低いから、国民は安心のようだが、社会に無気力感が蔓延し、過去の栄光を懐かしく思っている人々が多い。国の人口は減少し、輸入品に頼る社会だから、税金は消費税二十％となり、生活レベルの低い層が均一化する社会になる。

日本の終戦時の貧困に喘いだ時期に、日本が世界一の経済大国になると予想した人は居なかった。また、四十年程前の経済の高度成長時代に、中国より小さな経済に日本が転落する事態を予測できないのが民衆だ。

どうせ生きる人生ならば、安穏ではない何かの役に立つ生き甲斐を持ちたいと思わないか。いや、そんな予測の筈はなく、思い過ごしだよと言うならば、その根拠を論理的に説明出来るのか。

産業の空洞化

二〇一六年　九月

日本には、もう産業の隆盛は期待出来ないのだろうか。端的に考えれば、産業は消費地に近ければ近いほど良い。日本の人口が、減少してゆくのが確かであれば、消費は減少する要因になるから生産は減少する。相対的に、後進国は、子供や幼児の死亡率が著しく改善されるから、世界人口は爆発的に増え、需要は増え産業は発展し投資も伸びる。日本に有利な条件は益々悪化する。日本で産業を興したいと思うなら、世界に比べ、産業が誘致されるのに、有利な条件を提示しない限り、**国内産業は際限なく後退**してゆく。

産業に有利な条件は、どのようなことか。第一に、**企業の所得や資産に対する国家の税が安いこと**だ。次に立地条件としての**土地コストが安価**であること、エネルギーや水や環境コストのような**ユーティリティコストが安い**ことだ。**自然災害の頻度**も重要な要因の一つとなる。更に最も厳しいのは、**労働コストが安価**に得られるかだが、これも日本は高コスト構造があるから絶望的な状況にある。どれをとっても、日本の今後の国内産業の発展が見込める状況ではない。ということは、日本人は、海外で出稼ぎをやるしかない。

もう三十年以上も前から、日本では、先進国の文化向上による消費増は停滞し、無駄な消費増との区別が見えなくなった。「**ゆでがえる**」のようにゆっくりと変化すると気付かない。特に若年層の消費動向が、豊かさの向上より、娯楽へと変化し、**消費の主力は偏向**している。

経済を活性化しようにも、国内の価値創造に繋がるような活性化が期待出来ない。扶養家族のような消費に対して、日本は海外に出て稼ぐ出稼ぎ型の産業や、金融業に頼らなければならなくなる。この日本経済構造は、既に変化を遂げてきただけではなく、これからも益々変化してゆく。**次世代はこんなことで良いのか。**

日本が世界で、今でも経済の重要な位置を占めていられることをどう見ているのか。日本には優れた能力や知識を持つ人材があるという人もいる。しかし、それは、戦後の国家の教育政策が、他の世界の国家より相対的に平和のお陰で優れていたからだ。現状では、その利点は無くなり、世界のレベルは向上する。それに対し、日本の教育は、人数は増えても内容は向上しない。大学出と言っても精神は小学生並みという多くの出来事があるではないか。**次世代の優位性は既に消滅**している。

日本の真の経済活動を向上させ、世界の動きに左右され難い国家を目指せる方法が全くない訳ではない。

その為には**現実を長期の目で捉え**、**国民の意志のベクトルが好ましい国家像を目指すのが最も重要**である。民主主義を尊重するなら、その裏返しの弱点、即ち、決められない政治を克服してゆく心がなければ、この自由世界の衰退を回復させることは困難になる。要は、民主主義は、最高に幸せな国家の源泉になることを実証することだ。

日本国の空洞化を変えたいと思うなら、幾つか改革の要点はある。自由主義が専制主義に対して、絶対的に有利なのは、自由社会の中には**多様な人材の技術開発の芽**があるということだ。専制主義は一見、技術の発展が国家の推進により進歩が速いように見えるが、大きく見れば、ただの**管理下にある特殊なもの**ばかりだ。このことを頭に置いた上で考えて欲しい。

先ず日本が産業を推進するならば、**資源**、**エネルギーなどの開発を国家事業で行う**。オリジナル性の高い産業は、民間による採算が困難だからだ。但し、その国家事業は、優れた国家事業経営者でなければならない。恐らく**民間の実績ある経営者の有能な人に限る**。この経営は、当然のこと、目標、目的、及びその達成の期限が明確であり、それが責務になる。従来のやり方では失敗する。

次に、日本の**第一次産業の改革**を行う。この分野は、自由主義ではない競争のない社会主義原型のままだ。日本社会の**コスト高構造はここに起因**している。いくら円安誘導をしても効果はない。日本社会の食料の消費コストを下げているのは、日本農業の生産性ではなく、海外の食料品の輸入のお陰だ。マスコミは、海外品の品質の問題を報道したがるが、海外品は品質も向上し、そのコストも近代化された独特の合理化が進んでいる。要は、日本農業はその生産コストで負けるだけではなく、**全体が衰退の一途**にある。

今までに日本農業を指導した方々の怠慢であり、今でもその人達の理念や認識は変わらない。この改革は遅々として進まない。**一切の縛りを解き民間の活力を導入**することだ。**猶予期間は殆どない**。労働人件費構造を、国家が左右しても成果はない。別の次元で大きな悪影響を及ぼすだけだ。民間の競争は、道義的な面での制御の必要性はあるが、合理性はこの民間の活動の中に生まれる。それが自由世界なのだ。

国内の人件費を下げて、社会生活を豊かにするには、**食費コストの低減は避けられない**。企業による**税収増は期待出来ない**から、消費税は上げなければならなくなる。従って、国民の消費コストは上がることになるから、特に**食料費の低減は欠かせない**。円安は、資産家の財の目減りとなる。日本のコスト構造の改革は、政府干渉ではなく、**自由な国民の創造力を期待**する以外には方法はない。

人口減対策に、子育ての問題は多く、改善はその対策にはなるが、子供の家庭環境の破壊は計り知れない大きな問題となる。子育て時期の家庭環境を、出来る限り理想的にする社会の配慮を、**老齢者などを含めた総合的見地**から再検討しなければならない。子育て時期の親の働き方を、固定的観念で画一的に思い込む対策では解決は遠い。子供の成長過程に準じた対策を本質的に見直す必要がある。**高学年の子供は、学習と共に社会にも寄与出来る**。今は、俗に甘やかしや、**遊ばせの放置状態**にある。社会に保護される時期と、その恩恵に報いる責任は、親ではなく本人である認識が不足している。

細かいことまでは説明できないが、言いたいのは、世間の常識と思われているのは、マスコミの影響そのものになっている。マスコミが発達していなかった時代は、それなりに自発的創造がなされたが、今は全てが**マスコミ主導**になり、害され、深く考える習慣も無くなった。もう一度立ち止まって、各人が自分で築き上げる信念を持ちたいものだ。

日本の指導者　二〇一六年　十二月

日本の指導者は、もっと明確に意思を通すべきではないか。これは現在の安倍総理に言っているのではなく一般的なことだ。米国やフィリピンでは、強烈な放言をする指導者が出てきた。ロシアもまた然りだ。

少し品がないのは、その放言が他国のことをとやかく言うことだ。これは、日本人のマナーとしては最低だ。しかし、世界では、そのような指導者は増える傾向が出てくるのかも知れない。

私が明確に意思を通すべきというのは、このようなレベルを言うのではない。これまで、日本の指導者は、世界や相手国に対して、**あまりにも気を使い過ぎてはいないか**。また、卑屈になってはいないか。例えば、靖国に参拝する行為など、日本の儀礼としては当然の行為で、他国に迷惑を及ぼすことはない。他国からどう思われようが、日本国が行ったことを恥じてはならないのではないか。かつて日本が行おうとしていたことと、外国が行っていることに大差はない。日本の道徳の中で、**相手の心を慮る行為が、逆に相手を増長させる**ことになる。社会の価値観が国により異なる。相手にとって気に入らぬ行為でも、**自分の信条を貫く**ことこそが、むしろ信頼に足る指導者の要件ではないか。恐らく、気に入らぬ行為は、直接の被害はなくても、国家間の交渉の障害にはなるだろう。

それでも良いのだ。中国や韓国、北朝鮮、ロシアが、国境や領土に対して、恣意行動を起こすこととは本質的に異なる。その区別を曖昧にすべきではない。日本の思いやりの美徳は、日本人であれば大切に出来るが、外国には全く意味のないことではないか。そのような行為が、外国でまともに機能した例を知らない。経済援助や慰安婦問題などの例でも分かる。

日本の指導者の行為は、外交関係に影響を及ぼす。指導者個人の問題で済む場面ならよいが、現実は一度指導者が意に反する行為を行ったら、これは尾を引く。ある時期の**総理大臣や天皇の行為**は、国民の思いから離れ、それが末代まで続くのは困ったことだ。日本国民にとっての美徳をないがしろにするに等しい。

国民がそれぞれに思うのは自由だが、指導者は意に反することを**他に強制されて欲しくない**。

それが指導者への信頼なのだ。

外交関係に及ぼす停滞はある。だが、長期に及ぶ停滞は片方だけに被害があることはない。双方に影響するのが普通だ。国際組織の言論も、必ずしも正当性を担保するものではない。その中に勢力争いがある。マスコミの報道のレベルも問題だが、日本国にとって何が正義なのか意見を明確にしたらよい。恐らく、新聞により正反対の意見が出るのではないか。国民は意に添う新聞を選べばよい。

戦争は、個人が行った犯罪ではない。間違っていても、日本の為と考えた政治の結果だ。何はともあれ、新年には、総理大臣は靖国に堂々と参拝して欲しい。私は戦没者の遺族だ。

首脳の人選

二〇一七年　三月

組織のトップに立った時、**最も大事なことはと問われれば、それは人事だ。**人事というのは、己の理念や政策を遂行するのに、ベストの人選をして起用しなければ、そこで勝負は決まってしまう。だから、トップになれる人は、常日頃から、その構想を熟考しておく必要がある。

人事は、自分は出来ると思っていても、そうたやすいものではない。先ず、トップになれる人の最大の素養は、**人を見る目が確かなことだ。**口で言えば簡単なことだが、実は政治でも企業でも、**殆どのトップは、これで失敗する。**最悪のケースは、身の周りに心地よい意見の者が集まり易く、事態の把握や解析を誤ることだ。親友と言われる人達などもその例で、トップの信条を忖度するあまり、不正を働いてしまうことが多い。大統領や総理大臣でも、大小さまざま、現にこのケースが起こっている。

人を見る目とは、その人の**信条や性格のみならず、事態に対する対応の仕方や経験、或いは新機軸を打てる柔軟さを持てるか**などある。野にある場合は責任がないから批判だけは鋭い。水準以上の知識があれば、その言は尤もらしく見える。知識が確かであれば、正しい見解も多くある。だが、そのような人が指導者として必ずしも適正ということではない。トップの重要な素養には、**指導力があることが必要だ。**これは誰にでも出来るものではない。人を見る目の最も見過ごし易い重要な課題だ。

企業のトップは、人事が熟考して進められる環境があり、間違いなければその施策は時と共に充実していく。しかし、政治のシステムでは、トップになると同時に、直ちに執行体制を作ることが要求される。**人選の誤りの危険率**は極めて高い。だから、トップを遂行出来る人物は、極めて少ない者に限られる。日頃からの、人を見る目と、仕事の干渉の中の実力を見極めていなければ失敗する。日本の総理大臣が、次々と代わった時期があったが、この事態はまさにこのことを示したものだ。

ただトップが注意しなければならないのは、部下のもつ優れた素養は分かっていても、経験が未熟な故に失敗することがある。周りはその失敗を狙い、政権をつぶそうとする。次元の低い政治手法だ。残念ながら、今の日本の政治はこれが蔓延し、政党政策の主流にもなっている。政治家が初めて統治者としての経験をする時、試行錯誤は起こる。人の統治能力の判断は、その人の過去の習性や手法を見極めることだ。

人が統治を行う場合、事が不合理でも、その全部を否定するばかりでは物事は進まないし、また過去に従うばかりでも良い統治は出来ない。この緩急が統治者の個性になる。統治者の理念を貫き通せる手腕や技量があるかどうかが問われる。部下の政治家の素養は個性だから、それを誤らず見通すことが重要だ。

政治を委託しなければならない国民の責任は、非常に困難だが、この人物の見極めであることを知って欲しい。一言で言えば、**小事にこだわらず大道に着ける政治家**かどうかを見ることだ。この見極めは、論理的というより動物的本能のような感覚が、意外にも有効で、的を射るのかも知れない。

日本戦犯への情報操作　Ⅰ

二〇一七年　十月

米国は大国であり、この力量は世界の中でこれからも当分続く。その力量の大きな格差は何か。それは**情報収集能力と情報操作能力**である。勿論、戦争の技術や物量の大きさはあるが、それもこれも全て、情報操作能力に基づくものだ。それは政権交代があっても、一政治家の思惑でその組織が変わらないほどに高度化しているからだ。平時にも有事にもそれなりの対応が準備怠りなく出来る。そのような国家は他には見当たらない。

私は、団塊の世代より少し前の世代だから、四歳の頃には、父親から木剣を振る訓練をさせられていた時代だ。ただ、敗戦は、小学生時代からの全学生時代に亘りその影響を受けた。今、米国の情報公開法により、戦後の日本統治の情報操作戦略が分かる。「ＷＧＩＰ」（ウォー・ギルト・インフォメーション・プログラム）という。**日本人に戦争犯罪の意識を刷り込む計画と処方だ**。多くの日本の方々は、ＧＨＱに色々注文をつけられたことは知っているが、米国の情報操作の結果が、その後の日本人の三世代に至るまで影響を及ぼすものとは思ってもみなかった。

客観的に見ても、戦時の日本対米国、日本対他国の相互の対応や交渉などは、その当時の常識や国際法を遵守したものだった。中にはドイツのような、民族主義の人道上の犯罪もあったが、日本は民主主義国家で、そのような犯罪はない。だが不幸にも国家の存亡をかけて、日本はそれらの国々と戦争をする事態となった。

国家と国家の戦争だから、どちらが悪いということはない。自国のために、または自国民族のために死を賭して戦った戦争なのだ。

結果として負けたのは日本であり、勝てば官軍負ければ賊軍という理由で、多くの責任者が処刑された。だから同じことをやっても勝った側の責任者は、その後は安穏に過ごした。戦争とは本質的にはそういうものだ。

戦後の日本を支配した米国の情報操作戦略を、改めて日本の人々は知る必要がある。戦争で米国に負けたという事実より、その後に日本を占領した**情報戦略**の方が、**圧倒的に日本国家の根幹に関わっているから**だ。

その本質をよく知ることが欠かせないのは、現在でもその本質は変わらず、北朝鮮問題は現実味を帯びている。個々の武器や、国際規範への問題などは異なっても、その底流にある情報戦略の基本は同じだ。

例えば、真珠湾奇襲の攻撃は、戦いの発端だが、戦端を開く日本の情報全てを米国は熟知していたことは常識だ。その上で、第一線にある現場には知らされず被害を受けた。それを米国は反撃精神にうまく利用したのだ。今、日本が北朝鮮の脅威にさらされる状況は、当時のハワイに似ている。

日本戦犯への情報操作 Ⅱ　二〇一七年　十月

米国の情報操作は、当時の大学の教授たちへの影響が大きかった。学生も全学連組織が安保条約反対騒動を起こした。一般学生も殆どこの運動に参加した。一見して米国に対する抵抗のように見えるが、**実態は日本の政治に対する反感や左翼思想への傾倒をあおった。**米国の意図の根本には、日本が戦争を起こしたのを犯罪とする思想を高め、人への不信感を持たせ、**日本人の一丸となって戦う協働の資質を破壊すること**だった。結果は、日本の左傾が強くなり、あわてた米国は**レッド・パージ**を強行した。しかし、左翼の根は深くなった。

東京裁判は、改めて述べることもないが、**国際的にも異常な裁判**で、裁判の基本を無視し、日本の統治者を犯罪者に仕立てあげた。今でも**靖国神社参拝を、国際紛争の具に仕立て上げる**

人々はこの影響だ。他国が意識しないものを、**自虐的日本の新聞が世界に発信**した。当時の為政者は、国家のために死を賭して臨んだのだが、結果が悪かったのでそれを許せない国民になってしまった。日本の良識からみれば、天皇も総理大臣も、国家に尽くし心ならずも命を落とした人々に手を合わせるのは大事な道理だ。

「ＷＧＩＰ」による日本国民への洗脳の影響は大きい。民主主義と言いながらも、米国は、徹底した言論統制を行った。朝日新聞はその中でも、ＧＨＱの洗脳を受けていると思われる。マスコミの中で、今でも虚偽の報道を行うなど、社の経営精神までが狂ってしまったのではないか。

「ＷＧＩＰ」の影響は世代により少し異なる。戦前の世代はもう九十歳を超えるが、戦前の国際情勢を実感しているから影響は少ない。戦中戦後に育った七十、八十歳の世代は、米国より直接洗脳された世代だ。この世代は、日本の復興時の業界の責任者の世代だから、米国の正義を徹底して洗脳された。そして**全てが米国志向**になった。

問題は、その影響を受けた世代から指導を受けた世代なのだ。戦争の実態の歴史教育も不備なままに、日本の政治や道徳に対する不信感や、人間社会の疎外感から、人格に対する不信まで根付いてしまった。

特に**最も大事な日本の近代史**を避けて教えなかった。教える側も知らなかった。敗戦の処理は、もう跡形もないほど回復されても、**人の心や挙動は、一度教え込まれると終生変えられない。**本人自身が分からないままに思考が固まってしまう。分かっていても、変えられないから分からないのと同じだ。

「ＷＧＩＰ」の大きな施策に、**現在の日本国憲法**がある。日本国ではなく、**米国が作ったというのは、当時でも国際ルール違反だ。**他国が国家を支配することになるからだ。憲法としての概念が、国家の基本である形式も理念も無視する。国民は、自分のことは自分で決めることすらしない。そのようなプライドもない。そんなに自国民を信用できないのか。憲法の不備が問われている。日本国民が自主性を発揮する絶好の機会ではないのか。

私は理系で勉強したから、道理に合わないことを鵜呑みには出来ないからなのだろうか、すっきりしない気分だ。だから、この随筆欄には、もう十年以上になるが、憲法の改正の問題を述べてきた。それが出来ていれば、今の国際の事態には、もっと有力な対応が出来、不合理がまかり通るような事態を防げたはずだ。

仮定の話で恐縮だが、文献を調べて思うが、今の日本の国家のあり方をみて、問題だと思うかどうかを、明治時代の人に聞いたら明確だと思う。その時代の人は、何時も国際情勢をみて、国家を考え、世界でその対応の操作の必要性も理解していた。だから諜報活動も行った。今の国民や政治家は、その感覚が全く消え失せたのではないかと思えるほどの鈍感ぶりだ。恐らく低学年からの国家の教育が、放任されてしまったからだ。そしてその観念が、**重大な「ＷＧＩＰ」の意図を見抜けなかったための影響**だったのだ。

日本国の現実　二〇一八年　一月

もう十年程前になるが、小泉政権時代の時、作家の**塩野七生**さんは、日本の置かれている現実を正しく見るべきだと言われている。それは、人の多くは己の見たいと思う現実しか見ないからだと。見たいと思わなくても見るしかない現実があるのだという。それは、

一、結局は軍事力で決まるということ。

二、アメリカ合衆国への一極集中。

三、国連の非力

四、日本の無力

ということである。

それから十年、現実は基本的に変らない。ただ米国のオバマ政権により、世界に変調が起こり、国際規模で混乱が増えている。小国に自我が色濃く、**国家の相互間の不信感が増大**している。

世界の秩序を放り出したオバマの政策は、次のトランプの自国主義への道への前提ともいうべきものだった。それは、米国民の総意の動きなのだ。国家の存在は、まさに国家は軍事力であるという歴史的真実を益々証明し実現してゆく。

戦後七十年以上、国家のあるべき姿を実現し得なかった老年世代の意思は、変えたくても変えようもない。それは、その時代の生きる理念だったからだ。これからは**加速しながら新時代**

へ突き進む。老年世代が若い時代に国家の再建に熱中し、政治に参画したあの気力と同じように、もう一度、今の四十歳世代の人々が、日本を創り直す積極的な気力を持つことを期待したい。数十年前の当時は、老年世代が全く貧弱であり、若い人が自分でやらざるを得ない現実があった。

今は、**未だに老年世代が動き回り**、古い観念で若者の世代の芽を摘み取ってしまう。若者がリーダーシップを発揮したくても、あの人はまだ若過ぎるなどという話が、正論のごとく語られる。何時まで経っても、硬直した社会を脱却出来ない。変えなければならないと分かっていても変えられず**複雑な硬直化を増長**する。

次世代へ向けて、日本国家のあるべき姿を目指し、**国家の憲法を創り直し**、例えその結果が思わしくなくても、果敢に取り組むのは若い世代でなければならない。若い世代で、日本国に誇りを持つ人であれば、日本の将来を託すことが出来る。若い世代が本気になれば、憲法などは直ちに変えられる。そして、普通の国家を目指す。今の世界で普通に**自己を主張出来ない国家像は、早く捨て去るべき**ではないか。

政治の大局観と任期

二〇一八年　三月

民主主義の長所であり、また短所にもなるのは、その**政治の任期が短い**ことだ。世界が比較的平和であり、その秩序が適正な方向にある時期は、民主主義の政権の任期は短くても問題は軽微だ。だが逆に世界が緊迫すれば、不安定な短い政権は決定的な悲劇を被る。**各国の相互関係が接近**してきた昨今では、その影響は益々増大する。

今、世界は大混乱の状態であり、目に見えないが、軍事だけでなく経済状態も自由主義経済の崩壊の危機に直面している。その影響は、**高度な民主主義の域に達している日本のような国家ほど被害は大きい**。ただ幸いなことに、日本は今までにない長期政権に恵まれて、何とかこの事態を乗り越えようとしている。

国家の危機の場合は、過去の歴史が示すように、**挙国一致が原則**である。日本の一般国民には分からないかも知れないが、今の日本の政権は、世界の民主主義を崩壊させないために、世界の各国へ対策を求め活動している。安倍総理の海外への出張状況をみても分かる通り、過去の総理大臣の行動状況に比べれば異次元とも言える回数になっている。**政権が長期であればこそ出来る活動だ**。

世界の国家が、どのような思想の下に活動しているかは極めて重要なことで、他人事ではないのだ。残念ながら、今は共産主義思想の専制国家の長期独裁者が、世界の支配を広げようとしている。特に、中国、ロシア、北朝鮮、韓国の行動は、**自由民主主義を侵略**してゆく。そしてこれらの政権は、**長期化に向けて体制を変更**している。これまでと異なるのは、世界の中で、殆ど国家の体裁をなしていない小国家群が、経済的理由で独裁国家に取り込まれ、**国際秩序の非民主主義を多数派化**する方向へ向かっている。また台湾のような民主化され、国家としての体制が完備した国が、国際的に認められない矛盾も生じている。

今世紀の国家の基本は、長期の理念に基づいた政策を、大胆に変えてゆく時期にきている。世界の動きは早い。日本の政治家は、その事態の把握が甘く、**相変わらず政党間の争いの話題**ばかりだ。小泉内閣後の六名の与野党の党首による短期政権が、**時を失い如何に日本国に損害を与え**てしまったかを考えれば分かる。機会損失の被害は予想以上に大きい。それが今でも重荷となって政策が後手になる。

自由民主主義の維持は、国内の問題だけではなく、世界の大勢を視野に入れることの出来る指導者でなければ務まらない。特に、短期政権を繰り返す失敗を、二度と起こさないためには、大局に立てる指導者をしっかり見る必要がある。多くの国内問題があるのを無視しているのではない。目先の不具合だけが、党の利益を左右することも分かるが、それより遥かに大きく深刻な世界情勢が、日本国民の民主主義を侵そうとしている。その**認識が甘い**のだ。

何度も言うが、政治家は大衆に迎合するのではなく、大衆の未熟さを指摘し、**大衆を正しい方向へ指導するのが真の政治家だ。**民主主義を語るなら、その政治理念が世界に通じるものであることは重要なことなのだ。

民衆も、マスコミの言うことを、そのまま口移しに信じるのではなく、もう一歩掘り下げて情勢を判断するのが、真の民主主義なのだ。国内統治上の執政の過ちは大事だが、事大化するばかりで、国家の重要政策の議論もしないで走り回る様は誠に嘆かわしい。議論を妨害する意図があるのかとつい疑ってしまう。

議員の大局観　二〇一八年　四月

国基研の桜井さんが、先日のテレビで言っていた。日本は今、百年に一度という程、政治の重大な事態に見舞われている。野党の党首達の言動はお粗末過ぎると。

改めて言うまでもない何時ものことだが、まさにその通りである。残念だが今の国会議員には、世界の中での日本国家のあり方が問われる事態に対する大局観がない。国会の議論の重要さは、**世界の大局観**により、その優先性が判断されなければならない。そんな単純なことが出来ない。どうしてこんな議員ばかりになってしまったのだろう。それは政治家ばかりではなく、公官庁、官業、特に大きな影響力を持つ**寡占なテレビ局などのマスコミの水準も問題だ**。話題性偏重にまみれている。

物事の大局が見えるということは、指導者にとって**最も大事な能力**である。例えば、民間の企業を見れば分かると思うが、企業内の事業推進は役職者により行われる。課長程度の管理者であれば、大局観は無くても、少し業務に精通すれば誰にでも出来る。だが、事業所の統括者や社長になれば、**業界や政治の世界観**がなければ、事業は衰退し倒産する。事業の内容よりも、世界への大局観が最も必要なのだ。

今の国会を見ていると、企業で言えば課長の議論だ。己の成績や勢力争いばかりが昔のままで、旧態依然とした行動が目につく。広い視野から見た緊急性や改革行程を見通した大局観がない。だから全てが後手になる。

世界の民主主義国家は危機状態にある。何故かと言えば、社会主義、共産主義国家の統治者は、十年、二十年という任期のもとに、自由に計画、実行出来る指導力を持っている。これらの国家、特に日本の周辺国の経済力が膨大になった国家群の現実は、**日本の民主主義を破壊する**。

以前は、このような独裁主義国家は多くても、規模が小さかったから世界への影響力は小さかった。今は違う。中東などの資源国の混乱を含め**世界の支配体制は変化**した。専制主義国家の勢力図が大きく変化してゆく。

安倍総理の退陣を言い出す議員が増えてきたようだ。だが、日本の政治で、**異次元の外交**を初めてやれたのは安倍総理だ。それまでの外交の認識は、あまりにも貧弱だった。外交は誰にでも出来るものではない。**政治家個人の風貌を含めた総合的好感度が成果に関係する。人間性を含めた個人の勝負でもある。**そのような人物は、どこにでもはいないから、国民はよく考えることだ。そのような自分の能力も分からない議員が出てきて、指導者になろうとする。無責任の民主主義だ。マスコミは、古い政治家を登場させて、評論などを行っているが、そこに登場する**過去の政治家ほど己の業績を正しく見ていない**ようだ。

マスコミは、民主主義維持の問題を間違えている。権力者の横暴を防ぐと言いながら、**国家の理念の大局を持たず良いものも破壊する。**いわゆる節操なき手前勝手主義なのだ。

自由民主主義は、日本国だけで出来るのではない。世界の民主主義国家と共にどう活動するのか。そのために、どう振る舞わなければならないのか。自国益優先ばかりでは、失うものはむしろ大きくなる。

二〇一八年　六月

権力暴走の恐れ

世界の歴史でも、その横暴の程度が桁違いに大きい国家は多くある。虐殺の規模が大きく、その人数が千人を越える膨大な話が、世界では常識のように語られる。日本の歴史では、封建社会でも大量虐殺の歴史は殆どないに等しい。一方的な権力での横暴は日本の民族には向かない。日本民族には、古くから人情や道徳が根付いているから権力が暴走しても自制が効く。

中国の話だが、先方の常識かもしれないが、日本軍が何万、何十万の数の虐殺を行ったという話を、**然るべき立場の人ですら違和感なく語る**。馬鹿々々しいと思う。日本人には常識外れだから、話を交わす気にもなれない。この違いは色々な場面でも問題になる。

最近の復刻版で**陳登元**の著**『敗走千里』**という本が出ている。この著書は、南京事件の起こった一九三八年に書かれたもので、当時の支那軍の組織や行動が分かる。兵隊であれば殺戮は虐殺とは言えないが、それでも支那軍には、**後退する兵を後方から狙撃する督戦隊**がいて、自軍の撤退する兵士を射殺する。言わば虐殺組織があった。基本的に戦闘の理念が日本とは異なる。だから、歴史の見方のベースも異なる。

日本は、もう少し日本人の政治権力を信頼してもいいのではないか。自分や自分の仲間を信じられず臆病なのは情けないではないか。臆病になると政治は進まない。日本人は日本の辿った歴史を信頼し、権力に依存する姿勢を持った方がよい。個人の自由の権利を大事にするあまり、**個人の犠牲的精神が軽視される風潮**がある。世論は、政治権力に害されることばかりを強調するが、政治は、むしろ個人の社会的義務の立場を指導すべきではないか。

四章　国を守る軍備を正しく見よ

戦争の大局観　二〇一四年　五月

憲法記念日にあたって、憲法改正の良し悪しが議論されている。六十歳以上の人々はともかく、それ以下の世代の方々は、今までの憲法が戦後を支えてきたように、今後ともこの憲法が将来を支えることが出来るのか、しっかり考えて積極的に行動して欲しい。

ここ数年間、世界の情勢は変化し、加速している。日本や世界の歴史を、もう一度よく見直して、**今の時代の移り変わりの位置づけ**を良く見て欲しい。今の世界のイデオロギーの主要な動きは、自由主義社会、社会主義、共産主義社会、イスラムのような宗教支配の社会が、その勢力を拡大すべく**激しい闘争**を行っている。

平和主義のようなものはない。歴史的にも平和は力のバランスであり、平和という概念は、むしろ人道主義と言った方が適切で次元が異なる。蛇足だと思うが、ここ百年の歴史を見ても、米欧の帝国主義に対抗したアジアの日本帝国は、敗れはしたがアジアの解放を促進させた。

その直後から、自由民主主義と共産主義の軋轢が始まった。中国に陸続きのベトナム、カンボジア、ミャンマー、朝鮮は共産主義の配下となり、更に米国の力の衰退と、共産主義国の経済の向上に伴い、今日に至って、台湾、韓国などが社会主義圏へ移行している。北朝鮮は崩壊するどころか、勢いを得て変革されるだろう。

一方、イスラム圏は、米国支配の統制が弱体化し、至るところ王政の崩壊が起こり戦乱となっている。これは、アジアの東の方にも広がっている。ソ連の共産主義崩壊で独立した周りの国は、その時期を乗り越え、今や新たな勢力となり、西はウイグルやクリミア半島問題が起こっている。

戦争というのは、何も特別なことではなく、**国と国との価値観の違いがもたらす係争**であり、一方の国が弱体化した時に起こる戦いだ。近代は兵器の進歩により、その**戦い方が変化**している。昔の戦争のイメージが近代の戦争だと思ったら、大きな誤りを起こす。

日本と韓国には米軍が駐留している。共産主義国の干渉を回避しているが、これはそう長くは続かないことははっきりしている。その場合、韓国の歴史をよく見れば分かるが、この国は、日本が強大であった時は、日本支配下の自治区のようになり、中国が強大になれば、米軍さえ引けば中国配下の自治区のようになるだろう。その時、日本はどうするのか。

沖縄は、中国配下を志向する可能性をもっている。日本国の地方行政政策は、将来はどのようなシステムを指向するのか。また、外国人の国籍、日本国土の扱いの問題は何か。

日本国憲法は、皆で議論してなどということでは、百年河清を待つが如し。**優秀な国家理念と、指導力**を発揮しなければ、若い世代の将来は極めて厳しいものになる。

嘘と過ち

二〇一四年　八月

最近、日本でも世界でも、**嘘が横行**してそれがあたかも定説のようになり、被害を被るケースが多くなった。大学の研究者や、新聞などのマスコミ、政治家のトップでさえ、何が事実か、真実かの検証を認識しないまま、不用意な信じ込みによる誤った発言をする。また己の感情や主義主張を露わにし、事実に反する推測を、事実の如く語る風潮が目につく。国や社会の重要な地位にいる者の影響力は、計り知れないものがあり、慎重を期すべきだ。残念ながら、今の指導者達の**質の低下**、**モラルの低下**が著しくなったように思う。

最近の、**朝日新聞の虚偽事件**や、**理化学研究所の問題**など、普通のモラルでは考えられないような出来事が、簡単に起こっている。社会秩序の番人と言うべき裁判所、検察、警察でさえ、質を疑ってかかる世となった。

国家間の平和というのは、もともと幻想ではあるが、現代でも、益々恣意的な画策が横行するようになった。これは、まだ社会を知らない小学生間で起こるいじめや喧嘩などと本質的に同じであり、今は、それが露骨になるほど低下したのではないかと思う。後進国の拡大も世界を揺るがす。

ハワイの大学の教授で、歴史研究家の**ジョージ・アキタ**氏の**『日本の朝鮮統治を検証する』**という著書がある。日本と朝鮮の国家間の関係について、**植民地統治時代の真偽**を書いたものだ。今の日韓問題は、**本質的に事実を直視しない思惑の主張**であることが良く解説されている。

歴史は、事実をもとに、正しく認識すべきだが、肝心のその歴史事実を、**意図により創作**してしまう。民族主義は、その国家の文化でもあるから、難しい問題ではあるが、それを超越した世界のモラルを共有しない限り、国家の平和はあり得ない。

この著書の中にある一節に、表現の言葉は、慎重にする努力をすべきであると記される。嘘と過ちは、混同させてはいけないとある。即ち、**嘘**は、**意図的に偽りを語ることであり、真実を認識しつつ、相手を欺こうとすることである。**やりたいと思ったことが、結果的に果たせなかったことは、嘘ではなく、約束を反故にしてしまった過ちである。或いは、真実でないことを、**心から信じ、結果的に、誤ったことを相手に与えるのも、嘘ではなく誤りである。**嘘と過ちの間には、大きな相違点があることを、しっかり見極めなければならない。そういう観点から、人々が、事件の本質をしっかり見極めて欲しいものである。

中国社会への信頼感

二〇一五年　一月

無視出来なくなった隣国の中国に、日本人は複雑な感情をもって見ていなければならない現実がある。中国が、民主主義の価値観を共有する国であれば、米国に対する親密さより、はるかに親密度は高いに違いない。

しかし、現実は、**共産党一党独裁の国家**である。あの広大で、多民族の国であるが故に、米国のようなシステムが、簡単には出来ないことも分からぬではない。過去の日本の封建時代の独裁を知っている日本国民は、中国社会の政治の危うさを危惧している。

中国は、民族の闘争の歴史を持ち、その中に、優れた文化を持っている。日本より、はるかに多様性のある歴史があり、それ故に文化も発展してきた。日本でもその恩恵を受け、文化の発展の基礎となったことは、誰もが認めるところである。その中に、中国に対する親密度が根づいているのである。

同じ隣国でも、朝鮮に対する親密度は、民主主義の価値観は共有しても基本的に異なる。恐らく、朝鮮も、日本と同様に、日本より中国に対する親密感があるのだ。これは、その国家が持つ歴史に起因する。DNAのような本性であり、それは他が犯すことの出来ない価値観である。いずれにしても、お互いに、中国が、真摯な国家であり、国家のトップが信頼に値するか、また今後も優れたリーダーを、維持し続けることの出来る国なのかは、隣国にとっては、重大な関心事になっている。**日本は、中国の国家としての公正さや、トップリーダーの人間性や、社会観を見抜かなければならない。**

国家の社会観は、国際的に同じではない。人間性に基づいた公正さでも、価値観は国家によって、それぞれ異なる。それは、その国家の歴史、社会により、長い期間に造りあげられた価値観である。どの国家も自国の価値観を、他国に強要することは出来ない。**幾ら自国が正しいと思っても、相手に理解を得ることは難しい。**お互いに、尊重しながら認め合う以外には方法はない。

日本社会では、間違ったり罪を犯したりしても、改心し罪を償えば、**寛容の精神は美徳**とされる。それが、世界に普遍的と思ったら理解されない。それぞれの国家の社会観をしっかり把握する努力を、お互いにしない限り、親密な関係を持つことは出来ない。中国人の気質を表した一つの参考例として、文学の中から一部記述する。

少し古くなるが、中国の歴史、春秋時代を背景にした小説、『**夏姫春秋**』**宮城谷昌光**著の中に、中国人の気質を表現した部分がある。中国の春秋時代、宋の国の官僚とその部下の関係の中に出てくる、心の軋轢を表したものである。

睚眦《がいさい》の怨《うら》みは必ず讎《かならずむく》い（ひとにらみされたような些細な怨みでも、きちんと晴らすべき）
一餐《いっさん》の恵《めぐ》みは必ず報《かならずむく》ゆ（一度の食事でも恵まれれば、きっと恩返しをすべき）

という言葉が「後漢書」にあるが、これは、中国人の明確な倫紀であり、復讐は正義である。結果として、官僚は部下に殺されるのである。日本の社会とは、微妙に異なる価値観の大きさの違いがあるのではないか。今の中国のリーダーの社会観もまた気になるところではないか。

安保法制の議論

二〇一五年　七月

守るに非《あら》ずんば戦う能《あた》はず
戦うに非《あら》ずんば和《わ》するに能《あた》はず
和豈《あに》不利の事ならんや
戦守如何《せんしゅいかん》を顧《かえり》みるのみ

この漢詩は、幕末の儒学者**横井小楠**の詩の一部である。

ご承知のように、幕末は、貿易のなかった太平の世から、一転して先進諸国からの侵略危機の到来となった。過去の歴史に於いて、国家の力が衰え、強力な国家が台頭すれば、国家、或いは民族間の戦いは起きた。それは今でも変わりはない。幕末は、強い指導者もなく、国内はまさに内乱の状態になった。この時期、歴史上、坂本龍馬や西郷隆盛のような人物については、多くの人々によく知られるところだが、横井小楠については、歴史を少し掘り下げた方以外には、あまり知られていないのではないかと思う。

横井小楠は、熊本県出身の儒学者である。小楠は、坂本龍馬のような活動家や、西郷のような身分ではなかったが、日本の国家の力量や、先進国事情をよく見通した国内政治の有り方を説く基礎をつくった。国家の危機を救うには、先行きの見通しと現状を勘案した適切な施策を示さなければならない。先の詩には、尊王とか攘夷など、感情的行動や思慮では、国を統治出来ない**政治家の有り方**を批判したものである。

今の安保法制に対する政治家の議論は、当時のような力による排除こそないが、それ故に却って**本質論ではない議論が多く**、二十年、三十年**先を見越した施策は何かをしっかり議論しない**。何日議論したかではなく、何を議論したかが問題で、衆議院では、どうしても党利党略の議論ばかりになる。深く掘り下げる場合には、参議院のほうがより適切に思えるので、早く参議院の方へ回し、時間をとるべきではないだろうか。

国家の安全を保障するには、軍備の拡充は言うまでもない。国家は、基本的にその成り立ちが異なるものである。例えば、資源を有し、それを何十年何百年も売ることで建国出来る国や、資源は何もなく産業を育成し、それを糧に生きてゆく国家がある。従ってそれぞれ、他国と同じ施策が採られることはあり得ない。独自の国策があって当然なのだ。

軍備も、大量の資金で常備出来る国家と、そうでない、緊急の徴兵などの**臨戦態勢が採れる国家**の違いなどが必然的に出てくる。国家の安保の体勢は、どうあるべきか、どの方角へ指向し、どの時期に何を行うべきかなどが、国家の本質を決める。勿論、国家機密に関連すれば、詳細には議論はできないが、少なくとも国民は方向をしっかり認識しなければ、結局は国家にとって発展の足かせとなるのである。

抗日戦勝記念式典

二〇一五年　八月

中国の抗日戦勝記念日というのが、どうにも**不可解で腑に落ちない**。この日を記念して、軍隊の国威を示す行事にし、他国の要人を招待する。普通であれば、国威の式典は、建国記念日ではないかと思うが。**抗日戦争時は、まだ共産党はなく、共産党が政権をとり、世界に名乗り出たのは、ずっと後のことである。**

では、軍隊の国威を示す日が、抗日戦勝でなければならない理由は何なのか。若し、戦争に負けた日本が、小さな領土で人口も少なく、世界に影響も与えない国だったら、恐らく抗日戦勝記念日は無意味だろう。

然らば、この式典の意味は、今でも日本を恐れ、日本国を凌ぐことが出来ず、七十年経った今でも、どうしても**日本国を配下に置く**まで安心出来ない心境の告白か。そして世界に中国を強国と認識してもらいたいという願望のように見える。

今年の抗日戦勝記念式典に招待され出席する国は、**ロシア、韓国、モンゴル**だが、これもまた日本との関係に於いては意味不明だ。例えばロシアは、対日戦勝国といっても日本はこの国とは戦争せず、**一方的に敗戦後に日本を蹂躪した**。勿論、**日本は韓国とは戦争をしていない。**これらの国々は、日本国に対する**戦勝の意味が現実とは違った**ものである。即ち経済力の弱い国として中国に逆らえないか、中国に恩恵を受けたいが為に参加する。中国の目的は、共産党の権威を示すことによって満足し、**他国を囲い込む**ことにあるように見える。

私は、中国の国土については、非常に好意的である。何故ならば、古代の中国は優れた文明を持ち、日本はその恩恵を受けて発展した。多民族の中に、多様な文化が生み出される国家として尊敬に値するが、今の共産党国家は、その**文化の価値観が欠如**したどうしようも無い国家である。中国内の民族の持つ価値観を、尊重しているようには思えず、むしろ破壊しているように見える。また、共産党国家の政治は、実質は独裁主義であり、障害になるものは粛清される。権力は、独裁者の良し悪しで大きく左右され、歯止めが効かない。**言論の自由がないから、本音と建て前が節操なく用いられて、**本筋の**正義が通らない。**

少し別の角度から世界情勢をみれば、**このような国家が繁栄すると世界の秩序が保てない。**国連も第二次世界大戦後の秩序を維持するための組織だが、その前の国際連盟と同じように、これも失敗になるのが予想される。国連の組織の理念が古く、時代に即応出来ないままに改革も行えないシステムを内蔵して矛盾や利権が目に付く。加盟国は増えても**利権構造は勢力争いの様相を呈している。**世界の中で何が共通の良識なのか。その理念が威力を発揮できる組織運営は何か。本来のあるべき姿の国連は絵に描いた餅に過ぎないものとなる。

靖国

二〇一五年　九月

親族に戦没者がおられる方々は、それぞれの思いの日に、靖国神社を参拝される。日本人の、家族を大切に思う心の情を表すものとして、その情景を見るたびに尊敬の念がわく。靖国に祀られる戦没者は、当時の世情のなか、家族や親族のため、日本国家のために、わが身を犠牲にされた方々である。**理屈ではない当時の尊い心が**眠っている。その思いは後世の人が語るよう な、亡くなられた方々の行為の良し悪しとは無関係である。

私の父も、太平洋戦争で戦死した。靖国へは、都合により参拝することはあるが、定例で行うことはない。それは心の問題で、定例で参拝しなくても、父を始め戦死者への念は深く持っている。靖国は、不幸な局面に遭遇し、命をかけねばならなくなった当時の人々の**心のより所**だった。だから神社として特殊な存在となった。

中国、韓国から政治家の靖国参拝を問題にされる。これは**極めて異常な国際関係**である。どの国家にも、**その国家の価値観があり**、それぞれ異なるから、国際間では内政干渉はしないという原則がある。そうでなければ、他国に自国の価値観を強要したら戦争になる。

世界には、人種、民族、宗教、哲学、文化など異なる価値観をもった国家や団体がある。この違いを尊重せず無視する国家もある。中国はその典型である。だから至るところで民族の闘争が起こり、多くの殺戮が今でも行われる。許してはならないが、内政不干渉の原則の陰に不幸な事態が見逃される。世界の国家が協力して制御しなければならないのは、武力や経済力によって、他国に干渉しようとする行為である。

靖国問題のようなものは、迫害のようなレベルの問題ではない。その対応は単純に結論できる。日本国民の歴史や道徳や人情を大切に思うなら、日本国民を指導する政治家として堂々と参拝すればよい。参拝したい意志を持ちながら、中国の情を考慮して参拝を止めるのが最もよくない。国家を治める政治家として失格である。

戦争は、多くの国民が被害を受ける。双方でやる喧嘩だから、双方に被害が起こる。双方共に自国の価値観で処理すべきものである。喧嘩相手が許せないならば、和解しなければよい。日本は、今でもロシアとは和解していない。日本の価値観から言えば、火事場泥棒という言葉があるが、ロシアとは不可侵条約があるにも拘わらず、**戦争終結後に略奪を行った**ことを許せないからである。靖国不参拝を、国家の利益を考慮した政策上の一方策と考えるなら、問題の本質には反するが、まだましだとは思うが、最小限にしないと問題は多方面に波及する。

歴史は一つしかないから、若しあれがこうだったらという仮定の話は意味がない。しかし、往々にして、戦争は誰が悪かったから起こったのだとよく言われるから一言触れておきたい。

戦争の当時、ドイツは、一人の民族主義者によって、極悪非道が行われたから、戦争は回避出来なかっただろうが、日本はそうではなかった。日本は、その当時でも、**国家の政治は独裁ではなく、法に基づいた政治を行い、国家の意志決定を行ったの**である。

ただ、当時の憲法には、統帥権が認められ天皇に直結していた。軍部の意志が通り易いことで、個人の思惑や誤りが制御し難い組織だった。これは**当時の世情では、ごく当たり前のことで、今でも中国はこれに近い**。戦争勃発は、結果的に誤りで、指導者の責任には違いない。その評価は後世の話によるものであり、若し戦争を回避していたら、当時は平和だったかも知れないが、同時に、その何年か後に、核戦争をしてもっと惨憺たる結果となったかも知れない。

要は、戦争は、誰がというより、**国家の選択**だったのである。

多くの政治家が戦争責任を取らされた。国民一人ひとりの命も失われたが、その国民を指導した政治家の命も失われるのは仕方がない。当時の政治家は立場こそ違え、それぞれの役割の中で最善を尽くす志はあった。歴史的に、日本の指導者はその殆どが**国家の大事を行う場合は、私利私欲ではないから、命を捨ててかかっている**。今の政治家とは、その心構えがかなり違う。

日本国家は、そのような犠牲の上に成り立っていることを忘れてはならない。

靖国問題で付記したいのは、**戦犯の合祀が問題と言われるが、この議論は日本国の価値観には合わない**。人道的犯罪を問題にするならまだしも、**日本は国際的にも倫理感は優れていると思う**。また、宗教と冠婚葬祭は別もので、日本の宗教は何でもありに近いから、政治権力に繋がるものは少ない。法が未整備のために、法の精神の本質が曲げられてはいけないと思う。

核の無力化

二〇一六年　三月

核保有国というのは、戦後の冷戦時に保有しようとする国が増加する機運にあったことから、保有の歯止めをかけるべく、既保有国の特権ともいうべき、国際的な拡散防止の条約を締結することで限定された国家である。だからこの条約の根拠は国際的に公正性の薄い縛りだった。冷戦構造の中、世界の破滅だけは何とか回避する最低限の決め事だった。核の問題を根本的に解決するものではなく、その後は、なし崩しのように核の保有国が増えてきた。世界が変化してゆく今後は、**核の武器としての無力化が行われない限り、保有国は増え続ける**。それを抑えることは出来ない。核問題の制御は、これまでの施策では機能しなくなる現実がある。

現在は、核保有国のロシアでさえ、一度戦争になれば、その首長が核を使用することも考えたなど、不用意ともいうべき発言が報道される。また米国でも核攻撃を放言する政治家がいるようなレベルの低さである。何がなくても核兵器さえあれば、世界の有力な国になれるという、とんでもない非人道性がまかり通るのである。

そのような状態だから、**核保有国は、その特権の故に核の無力化など考える筈もなく**、むしろ核無力化に反対する。核とミサイルの開発は密接な関係があることは周知のことだが、核を無力化するには、このミサイルの開発や配置などが極めて重要な鍵となっている。

核は、如何なる国が保有しようとも、絶対に使わせてはならない。核を持っていても、それはただのお飾りでしかないという常識を、各国が持つようになる国際社会を作らねばならない。

核保有国が到底受け入れられない方策だから、至難の業かも知れない。そんなうまい方策があるかと言われるが、ない筈はないと思う。

私は、確たる方策をもってはいないが、これまでもまたこれからも技術の開発は加速するから対策はある。

若し核攻撃をした国や団体があれば、百％の確率でその団体は報復、破壊され、この世には存在出来ないシステムがあれば、事実上核武装は無意味になる。**核使用は自滅の道を選ぶことになる概念**である。

レベルは異なるが、先の戦争で、生物兵器が人道に反するから国際的に使用禁止になった。これは厳しいようでも、自粛の域を出ない約束事だから現在でもその兵器は使用される。核ともなれば、このレベルを超えた壊滅的な破壊だから、兵器の自制程度のものでは役に立たない。**核は、人道上の規制を超える犯罪としての認識が共有**され、人間社会の破滅を行う罪悪という考えに立てば、核を使用した国家は、その国の核兵器も核の生産施設や制御施設は、瞬時に不特定多数の攻撃によって破壊されるようなシステムが可能かも知れない。それにはミサイルやサイバー攻撃のような高度な技術が重要になる。

核兵器を持たなくても、原発はかなりの国家が所有している。この**設備にたいする攻撃や防御も同様な次元**で考えることになる。従ってこれからは、どんなミサイルでも、その目的が明確でない限り、何時でも何処でも迎撃されるシステムが拡大する。航空識別圏もそれぞれ拡大する。国際的制御機能が弱体化すれば、これまでの大国がお互いに批判して自粛を要求するパターンの構造は危機を向える。国家の防衛は今後ますます困難を極めることになる。日本国家の防衛も、**基本からやり直す時期**がやってきている。

領土紛争　二〇一六年　五月

領土紛争に正義はない。それは常識でも、当事者の国民は、それぞれ自国が正義と思い込む。この感情はやっかいなもので、その紛争の対応が的外れになることもある。この紛争を裁定する国連の存在も、必ずしも正義ではなく、事態の収拾程度のもので、大国の意志に左右される。国境や領土の線引きは、**古今東西パワーバランス以外の何物でもない。国境は常に流動的**であり、当事者たちの妥協の産物である。どちらかの国家が繁栄し、その力量に自信をもった時、国境紛争が起こることは自然なのだ。従って、自国に関連のある国境問題については、常に情報を的確に捉え、**いち早く手を打つこと以外には、これを保全することは出来ない。**日本国民は、いわゆる平和ボケの傾向があり、**米国の権威下に国防の概念を忘れてしまった。**忘れたと言えば、そうではないと言うが、国防概念そのものの周到さを失っている。

その例が、竹島、尖閣の対応であり、北方四島も同様である。対応の基本に、日本の主張は正義だから、恥ずるものではなく、何時までも主張をすることで、自己を慰める行為となっている。

日本の領土問題ではないが、関連のある問題、即ち**南沙諸島の中国の行為**についても、国基研が、もう数年以上も前から問題にしていたが、日本の政府も国民も関心が薄く、具体的対応をしてこなかった。**結果的には、既に手遅れ**で、問題は不可逆的な場面へと展開している。現在は、米国が南沙問題について少しは認識しているが、国際世論を含めいずれ霧散してしまう。中国の領土占有政策の勝利であり、結果として影響を受けるのは日本であり、米国にとってはそれ程の問題ではない。これが、領土紛争の解決例となる。ウクライナ問題は、また違ったパターンの戦争の解決になるが、これと同様な事例は、中国の辺境や周りの国家でも起こっている。これらは、**正義など何処にもない長い闘い**になる。周囲の国家の経済制裁は、いずれ世界全体に及ぶもので、長期化すればする程無意味化するという力学の上に、これもまた霧散してしまう。

　まだ目に見えない国境問題が日本にある。最大は**沖縄及びその周辺諸島**である。日本の政治はそんな馬鹿なことがある筈はない、或いはそんな認識すらないという状況だと思う。しかし、中国から見れば、戦略として考慮出来る政策であり、筋論は何とでも出来る。米軍が駐留している間は、その戦略は取れないが、米軍が撤退する時期は訪れるから、それまでに然るべき準備と長期的行動を行う。小笠原諸島への干渉も視野に入っている。

　国家間の話し合いや、交渉土壌は、その時の環境の状況次第で動くものであり、**国際的な決め事は、前にも書いたように、大国の意志次第により変質する**。国際的な国家の正義を信じたいが、これまでの歴史、特に、最近は米国、中国の挙動をしっかり分析すれば、自ずから答えは分かるだろう。国家の利益を考えるなら、国策はオープンでは有り得ない。日本は、その国策をどのような組織で運営するのか。

靖国の呪縛　　二〇一六年　八月

私は、大学の医者だった父親を戦争で亡くした。小学校一年生の時だ。夏の暑い中の終戦の思いは、毎年フリーな心境ではない。父親が戦死である以上、靖国神社と無関係ではない。だが、場所が遠いので参拝することは殆どないが、何かの都合でお参りしたことはある。政治家の参拝が、政権が代わる度に**問題視される社会もマスコミにも苦々しい思いをしている。**

靖国にA級戦犯が合祀されているとか、参拝は平和主義に反するなど全く馬鹿々々しい。どんな人であれ、日本国家の為に、当時、よかれと思って命をかけた人々を、**国家として丁重に扱うことを行う儀式が靖国だったのだから、天皇も首相も参拝しなければならないのは当たり前ではないか。**国家に生命を賭すということは、**そうでない人の思いでは測れないだろう。私利私欲とは次元の異なる精神**を鑑みる必要がある。国家、国民の為に命をかけ奉仕する政治家が、米国の策略により処理を誤ることは他人事ではない。

国家の長い歴史を尊重し、今の国民が存在するのは、その恩恵であることは自明である。他国では特に中国のような国は、歴史は長いようでも、**政治も文化も異なる民族の闘争による入れ替わり**だから、実質的に長くて三百年ほどの歴史しかない。だから、**現政権に都合のよい古い歴史に歪曲するのは必然なのだ。**

日本国の社会を大切に思い、次世代の発展を願うなら、現代の人々は、心して己の振舞いを考えなければならない。今、己れさえ安穏であれば良いという思いの一部でもよいから、次世代に思いを寄せて欲しい。

例えば、社会の産業で働く人々は、日常では、自分や家庭を豊かにするために努力する。その行動は、大きく見れば、**日本社会を豊かにする価値**を作り上げている。しかし、中には、社会を害する行動もあれば、社会に害をもたらすような娯楽もある。戦後は、教育の影響もあり、疲弊した日本を立て直すため、個人を多少犠牲にする考えも日常の中にあった。豊かになった今は、このような問題を考えることは希薄になった。国家が以前のように、他国に影響を受け難い時代は、国の社会を考えれば良かった。しかし今は、他国の影響が日常的に入り、今後は**益々他国の影響を受ける**ようになる。知らない内に他国の価値観に侵害されることも起こる。

靖国参拝の議論は、国内で判断すれば殆ど議論の余地はない。過去に、憲法と宗教の関係が議論されたことはあるが、本質的な問題ではなかった。だから、靖国問題は、他国の価値観による軋轢だ。戦争はどんな戦争でも一方的に片方だけが悪いというのではない。**敗けたから悪いことになるのは常識だ。だから次世代に日本は悪いことをしたから敗けたと教えるのは間違いだ**。勝った国家は、今でも悪いことをし続けることが出来る。

従って日本は、他国を害さないよう、自国の価値観まで犠牲にすることはない。そのような犠牲をやっていると、際限なく自国の良さを失う。**自国の価値観の他国への思いやりは、他国の価値観での思いやりにはならない**。自国の価値観を他国に与えるのは意味がない。それぞれが自国の価値観でやり、国際的にはそれで成り立つ。だから、靖国神社に政治家が何時参拝しようとも、国内の社会が乱れることはない筈だ。

何かが起こるのは、**他国の価値観を押し付けようとする団体や徒党の問題**なのだ。国家間の価値観の相違で、靖国問題は他方面に波及する。波及して多少の犠牲は払っても仕方のないことで、それでも国家間の関係は無くなることはない。**関係が壊れても、国家や社会が困らない体質**を作ることだ。日本は、あまりにも他国に頼り過ぎる体質を作ってしまった。本気でやれば**日本は立派に自活出来る**。米国でさえ、多民族の価値観で荒らされ、本来の米国建国の価値観が失われつつある。近い内に、**日本は米国との縁が薄くなる**ことも考慮しておく必要がある。

自由主義国家で、日本に対する戦勝国でありながら、日本と比較的同じ価値観をもつ米国でさえ、変わってしまえば、全ての面でそれぞれが独立するのは当たり前だ。**その時期は意外に近い**。米国が大きく変わり始めたのが、もう十年前で、私が憲法改正を言い出したのも十年前だ。**社会の変化は加速する**ものである。

日本国家は、経済にしろ軍事にしろ、どこの国にも左右されない力を持たなければならない。勿論、世界の国々と相互関係は大事にしてゆかなければならないが、自国の自由な力量がその大前提だ。

アジアには、それが全く出来ない国が多く存在する。それを援助することも必要だ。**日本国が、自前の経済や軍備をもつ**ことは、まず国民の意志がしっかりしなければならない。

物事は、現状ばかり認識し追従していては将来はない。現状を否定してかかれというのは、企業時代にはよく徹底した思想だ。目先のことがちらつくと物事の本質を見失い、それが次世代への進歩を止めてしまう。波風は立てたくはなくても立てねば変化はこない。日本国民は、資源が少ないからとか、世界との関係が死活問題だとか、尤もらしい理屈を覚えさせられ、保護が正義のようになった考えが、人々の創意工夫を奪っている。

今後の社会は、移民などによる国家の価値観が流動化する。今までは、認識せずともよかった問題を、日常的に認識せざるを得ない時代がきている。だから、**自国の価値観を貫き通すこと**が、他国から見た国家像が正しく認識され尊敬されることにもなる。靖国のような問題は、本質的には、国民にとって重要な問題ではなく、**政治家やマスコミが作った幼稚な呪縛に過ぎない**。早く葬り去るべきではないか。

サラミスの海戦

二〇一六年　八月

世界の歴史の中で、**サラミスの海戦**を知っている日本の政治家はどれ程いるのだろう。そんなの常識だという声が多く上がるなら、まだ日本国家も捨てたものではない。ただ、漫画本やスマホのようなゲーム知識程度なら、素直に知らない方が、改めて深く歴史を読むからまだましかも知れない。

サラミスの海戦は、紀元前四八四年、ギリシャの民主的都市小国家が、専制君主の大帝国ペルシャと戦った戦争だ。世界史の教科書や参考書には、必ず取り上げられているので、言われれば思い出す人は多い。**塩野七生氏の『ギリシア人の物語』**にも歴史として正確に記されている。

今から二千五百年も前の戦争を、何故ここで持ち出すのかと言えば、何時もこの欄で書いているように、歴史を正しく知ることが如何に大事か、また参考として学ぶ歴史の意味を示したいからだ。**歴史の流れの中には、人間の真理が一本通っていて、事実はそれを繰り返す。**

今の中国の覇権と日本国家の現状が、まさにその歴史の再現のような様相を呈している。勿論、情報や武器の進歩、国際的干渉の規模など、一つひとつに目がゆけば、似て非なるものだが、中にある**統治者や政治家に流れる真理は今も変わりはない。**真の政治家なら、木を見て森を見ないような愚はおかさない。

一般の人には、何を述べているか分からないから、少し解説らしきことを述べておく。歴史の事実だけの概略だから、それが現状の何と重なるかは、それぞれ能力に従って想像すればよい。

紀元前四九〇年、当時中東、北アフリカはペルシャ帝国の支配下にあり、次々と膨大な軍事力で周囲の国家を併合していた。従う国家からは税をとり、従わなければ壊滅させた。その勢力は遂にギリシャに及び、ギリシャ人の都市国家は次々と支配下にされ、陸続きの国家は勿論、エーゲ海の島々も次々と支配されていった。

その中で、支配されるのを拒否したのが、**アテネとスパルタの都市国家**だった。ギリシャは当時、自治をそれぞれ民主的に行う都市が、ギリシャ人民族を緩やかに結んでいる国家で、通常は互いに戦争もやるが、ギリシャ人の連携行事として共にオリンピック競技を行っていた。従って、ペルシャからの圧力も、都市の判断が自由で、結果的に、その後の戦争では、民族同士でも戦わされることにもなった。

最初の戦いは「**マラトンの戦い**」であり、ペルシャの軍事力の物量作戦での常勝で、都市国家を甘くみたことから、アテネとスパルタの連合戦線にペルシャは負ける。この戦争はペルシャ本隊ではないから、ペルシャの被害は軽微で、次の本戦が問題となった。それが十年後に起こる。この戦いの中心が「**サラミスの海戦**」だ。

ギリシャはエーゲ海の利便性に恵まれ文明も発達していた。都市国家は小さいが、**市民は非常時に備え軍事訓練し合理的な装備も怠らなかった**。**徴兵制で通常は兵役がない**。スパルタは、専門の兵士を一部所有していた。いわゆる陸軍だ。だが圧倒的なペルシャの軍隊が十倍以上の戦力で再来したら、それに勝つのは殆ど不可能だった。ここに**アテネの有能な政治家が出現する**。当時海戦という常識がない時代に、**海戦に負けない船舶、軍人を創造する**。**それを十年で成し遂げた**。この戦略にペルシャは敗退する。**質が量を制する戦略**だった。

更に、その二年後、まだ圧倒的には量に勝るペルシャの大軍を陸に於いても撃退し、またエーゲ海のペルシャ軍基地の軍港をも攻め滅ぼし海洋の利権を取り戻した。その後エーゲ海にある三百の都市国家で「**デロス同盟**」が成立する。**集団防衛体制となりアテネはその実質的な中心となる**。同時に沿岸の経済発展をもたらした。

アテネは海洋国家としての国家のあり方を再認識し、黒海周辺の貿易にまで発展をすることになる。またこのことは、専制ペルシャの欧州進出を完全に抑止することとなった。これからペルシャ専制は凋落をたどり、ギリシャには後百年の平和が続くのである。

概略では、実情を明解に述べることは出来ないが、どんな戦略にも、**通常では考えつかないことを考え出す有能な先駆者がどこかに居る**。また、それを実行するにも、**多くの人には反対され、それを克服してやり遂げるリーダーシップや人間性があり、この多彩さが国家を救うこと**になる。

幸運といえば幸運かもしれないが、それが今の歴史をつくり出したのも事実だ。専制国家に比べて、民主制は意志決定が遅く、説得に時間がかかり、妥協をしなければならないが、**新たなる知恵者が出て来る下地の広さは、自由であればこそ生み出されるもの**だ。専制王の下では、指令による推進力はあっても、新たな創造を生む下地に乏しい。現代に十分通じる真理である。さて、今の中国をペルシャ帝国とみる人はいるだろうか。

国家の防衛

二〇一七年　二月

米国の大統領が、日本を防衛しているのは米国だから、日本はその対価を十分に払えという。日本人の多くも、日本は米国に守ってもらっていると思っている。だから、大統領や外務大臣が代わると、日本防衛の微妙な問題となる尖閣諸島防衛の如何について、真っ先に質問を行う。**こんな慣例は、実に異常状態だ**。

日本の軍隊が、如何に近代化しても、**外国から見れば大した防衛になっていない**ことを言っているようなものだ。本来であれば、日本は防衛に十分な軍隊を持っているから、日本の領土は他国がどうあれ、守り切れると言うべきものではないか。こんな単純な事柄でも、考え方の慣例がいつの間にか正常な状態と思い込んでしまう。

政治家も変だが、マスコミもおかしい。尖閣諸島は、日本の領土と日本は言っているのだから、他国がどう思っていようと日本が守るのは当然だ。守る自信がないなら、自前の軍隊を増強するしかない。仮に、この戦いの勝負の過程で、米国が援助するかどうかは国家間の条約の問題で、これは何時でも条約の解釈が変わることはあるのだ。

それに**左右されない国防体制を持つ**ことが基本ではないか。日米安保と言っても、日本に米軍が駐留する特権を温存している以上、日本への攻撃に対応するのは当たり前だ。ただ日本は、米軍の居ない日本を常に考えていなければならないのだ。

国家防衛の歴史をみれば分かることだが、防衛や侵略の軍事力は一定のものではない。仮想の相手国や武器の高度化により常時変化する。日本の仮想敵国は、双方共に同じだが中国だ。それは、**自由民主国と共産主義国との国家の成り立ちに本質的な違い**があるからだ。従って、双方共に繁栄したいと思うなら、**部分的妥協しかない**。だから、軍事力は双方のバランスが取れていないと戦争になる。中国が、まさか北朝鮮のような国家になるとは思いたくないが、その要素を持っている。その意味で北朝鮮は滅びないし、共産圏三国に囲まれた**韓国が併合**される可能性はある。日本が自由民主主義を維持する決意は非常に困難を極める。

空母を持つ　　二〇一七年　四月

空母は国家防衛に必要だろうか。この問は、勿論、他国との安全保障協定のない国家独自の防衛が前提である。答えは、当然のことながら、**現代の戦闘では必要ということになる**。海洋に面した国家の軍隊は、空母を持たなければ著しく戦力が劣る。

ある時、日本の防衛組織にいた人に、日本は何故空母を持たないのだろうと聞いたことがある。単純に**四方を海に囲まれた国家が、空母を持たない軍備であることに疑問を持った**からだ。予期した答えは、米軍がそれを補完しているからだと言えば納得だった。ところが、**日本国憲法との関連だというのは驚き**だった。こんな変なことはない。憲法が戦争を禁止するから軍隊は持てないというなら、憲法の良し悪しはともかく明確だ。

しかし、防衛のためなら、軍隊は持っても良いし、戦争もして良いというなら、当然のことながら空母もない軍隊は話にならない。防衛といえども戦争に変わりはなく、何が防衛で何が攻撃かの区別は現実的ではない。**攻撃は最大の防御**というのは真理だ。現代の武器では、数分の**先制攻撃**が効力を発揮する。戦争の意図は、双方に正義があり、侵略かどうかは戦後にならなければ分からないのも真理だ。

日米安保は分かりにくい。米国の統治者次第では何時でも破棄出来る。安保の実践は互いの国家の裁量が流動的で事態により変化する。日本に国力があれば、日本独自の戦力を持つのは当然ではないか。基地問題にしても、沖縄問題の解決は米軍に代わる体制を急ぐべきではないか。その方が国内の政治や国土開発計画も自由度が増し発展的でやり易い。日本が他国に通用し得る軍隊を持ち、何時でも対応出来ることが、戦争を未然に防ぐ相対的防衛になることは自明だ。本質を見ずに末節の解釈や議論で時間を費やし、国家の損失を起こす愚は止めたい。これまでの十年の愚もさることながら、これからは、今までのやり方では更に損失が増える。

中国や北朝鮮が空母を持てば、日本も持たざるを得ない。空母は、戦力の基地が固定されず、常時移動可能な戦力の存在や、対応の物理的即応能力の強化になるから重要ではないか。何もせず、願望や期待を相手に求めるのでは、一流の国家とは言えない。

戦わずして勝つ

二〇一七年　五月

殆どの方が承知の孫子の兵法だ。「**百戦百勝は善の善なる者に非ざるなり。戦わずして人の兵を屈するは善の善なる者なり**」と書かれている。企業や経済戦争の場面に適用例がある。真意は民族や国家間の戦争だ。

日本国家の戦力については、色々な意見が飛び交う。憲法の不備がいよいよ現実化し、その対応が迫られているからだ。今から二千五百年も前の一兵法者の言が、今なお新しく重用されるのは、それに真理があるからだ。真理とは、その場その場では、意見が分かれても、最後はそこに行き着くことを表す。ただ、そうある為には、何をどうするかで対応は違う。なかには、まるで独り善がりの浅薄な意見もある。

今、世界で発生する諍いの類を見れば分かる。ある国が他の国を支配する意図を持てば、周到な準備により、その社会のルールに従って侵入する。侵入された側は、気が付けば動かし難い勢力で社会の価値観を操作される。そこで、これに対し強制力を発揮せざるを得ない状況に追い込まれる。ここで小規模な戦争が起こる。

武力行使が少しでも起こる状態の時が、強国の支配出来る好機だ。その時には、相手に対し同等以上の戦力を持っていることが前提だ。一般の方々にはなかなか理解し難いが、ここに戦わずして勝つ真理が作用する。兵力を持たずにいれば戦わないで済むのは、大小を問わずこのような現実支配に負け従うことに他ならない。これは考えれば分かることだが、今、ロシアで実際に起こっている。

現憲法は、負け従わなければならない国家を指向し、その相手が米国であることを誰でも知っている。米国が強大でなくなるその現実が今やってくる。中国がこれに代わる。この国の問題は、**民主主義の理念が全くないことだ**。日本は相変わらず**従属型の国家を維持するのか、**日本国家自体を強大にするかは新憲法による。

戦わずして勝つということは、簡単なことではない。戦ったら必ず勝つという前提がなければ、この戦法は成り立たない。善の善というのは、言うべくして重い意味を含んでいる。戦わないというより、戦えない民族になりたいならばこれは論外だ。幸か不幸か、**日本は、世界でも戦える民族の評価と歴史を持つ国家の一つだ。**この意味を各人がしっかり考えることだ。しかし、いつも最初から負の思考型の人には向いていない問題だ。

防衛力とは何か

二〇一七年　六月

防衛力とは、攻撃されたらそれから守る力だ。国家の防衛は、相手国が攻撃してくれば、その攻撃から自国を守ることだ。だが、この答えは現代のものではない過去の考えだ。現代では、そのような戦争形態はない。簡単に言えば、**先手必勝を実行出来る能力を防衛力という**。従って、その防衛力を持った国へは攻撃が出来なくなる。これが**抑止力**である。つまり、防衛と抑止力は一体で、表と裏の関係になる。

古い思考から脱却出来ない年配の政治家は沢山いる。国会の議論が低俗化する原因だ。政党政治の慣例のような行事がまかり通り、本質の議論が行われないから、若者は国会討論に興味を持てなくなる。**反対のための反対や、不信任動議乱用など、党の存在感のＰＲだけのものに見える**。要は、質問の内容レベルが低過ぎる。国家の防衛などの高度な課題になれば、特に議論すべきにもかかわらず、まるで本質的議論にはならない。

どうやれば、日本国民を完全に守り、領土保全が出来るのか、双方が真剣に考えるはずの議論ではないか。この責任は、質問の質という観点からみて、野党の責任は重い。どこかに、政策は与党が決めるものであり、野党は責任上チェック機能をやればよいという安易な論理が普遍的になっている。

防衛力の本質的議論をするならば、核を含め例外事項なく、現実に使われている武力を網羅する初歩からしっかり解析すべきではないか。どうも政治家は、真剣さが足りない。我が考えの土俵に他人を巻き込む弁論大会に溺れているように見える。

現代の国家と国家の戦いは、自国に居ながら、他国の兵力を破壊することが出来る。その兵器の制御機能をも破壊することが出来る。北朝鮮が良い例だが、大国間の戦いは互いに傷つくから抑止力が働くという常識は変化し、小国の北朝鮮さえ大国は破壊出来ない。危なっかしい北朝鮮の防衛力だが、これが防衛の本質論だ。

核を持つことも同じだ。いくらいやな武器でも、核の実現は、イラン、インド、パキスタン、イスラエルと蔓延する。北朝鮮の核は、次に韓国、日本の必然的な**核装備を促しているのが現実だ。**民主主義の厄介なところは、その議論さえ公開しなければならないから、武力の規模には必要以上のコストがかかる。例えば、正しくは何発の弾道ミサイルを持つかなどは、公開すればするほどコストは増大する。

防御を盾というのも陳腐化した。**盾は非現実的だ。**従って防御は攻撃を意味する。国取りをやるのではなく、国を破壊するのだから、**侵略の概念とは別物だ。**イラク戦争の時、米国はイラク国家を破壊したが、侵略や略奪を意味しない。**ロシアの領土拡張問題とは異なる。**

北朝鮮問題は、中国は制御する意思は持たないのは分かっていた。米国、特にオバマ政権はそれを放置したから北朝鮮国家問題は大きくなった。これが現実だ。韓国は北朝鮮に併合され中国の支配下になる。**言わば中華思想の実現だ。**日本が育てようとした韓国の民主社会は仇になっている。米国は韓国から撤退するから、米国の日本基地も縮小する。日本民主主義はどうなるのか。明治の元勲と同じ悩みが起こり、歴史は繰り返す。

五十歳以下の次世代の政治家はよく考えて欲しい。日本が独自で持たねばならない武力は何なのか。米国を普通の同盟国と考えることは、何を指向すべきなのか。これが国家の本質論なのだ。

米軍撤退は現実

二〇一七年　七月

誰もが、米軍駐留の政治や社会の現状が当面続くと思っている。当面というのは、いつ頃かと聞かれると、殆ど答えられず戸惑う。十年二十年先と思っても、その根拠も保証もない。政治が意思決定すれば、米軍は三年もあれば撤退は可能だ。そこで大慌てになり日本国家の体制は崩れる。だから、期限を想定した周到な計画が必要だ。米国は、既に世界から離れ独自の道をゆく。

世界的に見て、日本は有数な実力を持つ国家だ。その国家が、未だに**国内に治外法権の軍隊が存在する**というのは**極めて異常な状態**なのだ。強いて理由をつければ、近くに平和条約を結べない国家があるということで、その解決を自主的にやれないことだ。更に、緊急性がないと己に言い聞かせながら問題を先送りしている。

政治家は、身の周りのことばかりを国民に訴えて、**国家の本質的、長期的基礎を語ろうとしない**。語らないから、**その問題の重要性や緊急性が国民には理解出来ない**。政治家の質が落ちたというのは答弁や立場の常識が狂っているだけの問題ではない。**政治の大局観を身につけていないことが**問題ではないか。そして、マスコミ界も目先の話題ばかりに終始し、日本の世代の重要問題は金にならないという。

米軍は、いつ撤退しても何の不思議もなく、ごく当たり前の事だということを認識すべきだ。朝鮮半島事情は、もう既に米国の干渉を期待する時期ではなくなっている。何故なら、中国は南北両方の国に関係を強め、影響力を行使出来るからだ。日本としての米国との同盟を否定しているのではない。韓国の情勢は、もはや米軍が日本に駐留する必要性がない事態へと動いている。日本国としての意思が薄弱なのが問題だ。事態の動きや変化がある時、全ての物事はそこから始まる。この**原点に立てない古い政治家は引退の時期**ではないか。

核兵器を持つ

二〇一七年　七月

核兵器のない世界にしたい。これは日本だけではなく全世界の人々の思いだ。だが、それは絵に描いた餅のようなもので、**現実はその意に反して核兵器は増えてゆく**。核兵器を多量に持つ国が有力な国だという認識と特権は、もう半世紀も前からの常識であり、**国連の組織が特権構造**だから、その特権が変わらない限り認識が変わることはない。**現に核兵器を持てば、国が滅びるのではなく、滅ぼされることを免れる実例が続出する。**

核兵器を持つ国は、いわば優等生であり、劣等生ほど一人前になりたくて核を持ちたがる。

将来は、どの国も通常兵器として核装備を行う時代がやってくる。軍備は際限なく拡大する。核軍縮の組織などが機能することは、これまでもなかったが今後もない。更に細かく言えば、核兵器は何処の国でも、持ちたいと思えば持てるが、大量破壊が出来る国が核保有国の認定になるから、どの国も核保有の認定国になりたいという憧れを持つのだ。このような小国が、世界に増殖する時代がくる。

日本の場合は、米国が日本を守るというのが幻想となり、ロシア、中国に加え朝鮮という核兵器保有国がすぐ近くに存在する。**周りは全て核兵器**だ。外国駐留の米軍の核被害が現実化する。米軍が撤退した後の韓国は、事実上北朝鮮と協調し中国に従属する。名実共に核保有国だ。韓国駐留の米軍は、これまでも撤退する機会はあったが、韓国軍事情が整わないので駐留が続行されていた。それも終りとなる。朝鮮は北の軍備が南の経済に支えられる統合国家になる。軍隊は装備と魂でありこれが充実する。**朝鮮の民意は本質的に親日ではない。**

米国主導の戦後だったから、その過程で日本との関係が深まったが、それも**本来の親中国へ戻る。**日本に対する様々な障害も事実上増大し、**日本に対し精神的優位に立つのが歴史的な悲願だ。**朝鮮からの日本への**様々な要求は日常化**する。特に、北朝鮮がこれまでに舐めた苦労は、全部日本国家の責任と言って、その代償を求めてくる。日本の常識は役立たず、世界的規模の教宣戦略が行われる。そのための朝鮮の武器の使用や交渉は、かつての戦前、戦中の日本国軍のやり方と同じだ。日本国家の威厳は著しく損なわれる。

話題は変るが、**香港、台湾、韓国は中国に対して同床だ。**ベトナムの周辺でも同じ歴史を踏んでいる。次元は違うが、ＥＵから離脱した海洋国の英国の地勢も日本に通じるところがあり、世界戦略として注視すべきだ。

日本の世論も大きく変わる。米国が日本に駐留して民主主義を守るという旧概念は無くなる。米国大統領が言うように、**日本も核装備をすることになる。**朝鮮の有事の消滅で、米軍の日本駐留の必然性も消滅する。

日本独自の自由民主主義国家としての国体の防衛は、**米国軍の撤退時期が核装備の時期**になる。ミサイルの配備や空母の配置も、米軍のこれまでの規模をそのまま持つことになる。これで日本の戦後体制が終了し、戦前と同じ独立国家に復帰する。日本がこれまでに経験したことない国家群の勢力バランスがここに生じる。

中国は勿論強大だが、**朝鮮の振る舞いは、地域の不安定を増幅する。**これが極めて難問なのだ。それは、今後の中国政府の政治のあり方と、日本の対応が鍵になる。朝鮮は歴史的に常に中国の配下にある。

日本は核軍備を持たなければ、中国共産主義に従属し、世界で影響力のない無意味な存在になる。言わば、核傘下の構図に変化が起こる。日本の核アレルギーは終末を迎え、世界での唯一の核被爆国という汚名は遠退き、核軍備を持つ有力な普通の国家になる。朝鮮を含む中国大陸、ロシアとの社会思想の対決は、同時に核軍備対決にもなる。いやな思考だが、現実は想像よりも厳しい。理屈に合わない現実をよく見れば、人間の社会の進歩は、右肩上がりだけではなく、大きな下がりの悲劇もあるということだ。

北朝鮮はどうなるか　二〇一七年　九月

北朝鮮はどうなるか。一言で言えば滅びる。このような国家が栄えることはない。これが歴史だ。ただ、どのような滅び方をするかとなれば、それは周囲の状況で大きく変わる。

国家は、規模が大きい場合は、滅んでも部分的再生の芽は残る。北朝鮮は小さい国家であり、いくら高度な兵器を持っても、政府自体が存続することは全くない。破壊的な暴力集団の域に近い組織ほど滅びるのは早い。北朝鮮の前二代の政権は、曲がりなりにも諸方面に国家としての体面を持っていた。だが、現政権にはそれがない。だから自滅の行程にある。

北朝鮮の滅び方は、推測では、周囲の被害は大小様々な状況がある。一つはイラクのような状態になる。周囲の被害は大きいが、覚悟の上での強行手段で、北朝鮮の国土は殆ど焼土となる。後に使えない国土が多く残る。北朝鮮が核爆弾を如何に多く持とうとしても、小国の北朝鮮が周囲を制覇することは不可能だ。結果的に、自国家の命運は、**大量破壊兵器を使用する時が滅びる時だ**。周囲の大国を相手に、虎の尾を踏めば、たちどころに報復を受ける。例え同盟国でも、自国にとって不利益であれば、しっぽ切りはごく普通に行われる。擁護されることは殆どない。

南北の朝鮮戦争では、北の軍事力は強く韓国は殆ど滅んでいた。米国中心の兵力が韓国を救った。この史実があるから、**北朝鮮の思惑は、米軍を撤退させることに固執する。そうすれ**

ば、朝鮮は北によって統合される。この北の信念は揺るがないから、仮に中国の影響下で北により朝鮮が統一されても、北の独裁形態の政権は好ましくないので、いずれ抹殺される命運にある。つまり、キムファミリーの支配は無くなる。三世代目が終焉となる。核兵器が、韓国を併合する武器になることはない。

対話の手段で国家の持続を画策しても、核のような大量破壊兵器がある限り、対話環境は巡ってこない。それは対話の範疇にもならないからだ。北朝鮮がイランの場合とは異なるのは、国家の基本体制の問題だ。

ロシアのプーチン大統領が、経済制裁は効果が無いと言っているが、だからと言って対話に効果があることにはならない。対話で解決していく概念そのものが成り立つ国家であるかどうかがその前提にある。北朝鮮には、そもそも国家として基準を守るべき要件が備わっていない。**北朝鮮の国家理念は、現状維持ではなく、半島を統一し征服を目指す国家だから、国家自体のあり方が、基本的に対話にならない。**経済制裁に効果がなければ、行き着くところは武力行使だけになるから北朝鮮は滅びる。イラクのケースに似ている。

日本は、この国家の軍事に関して第三者ではない。北朝鮮の行う軍事行動は、不確定な米国に向かうより、確実で、米国には被害がより少ない日本を狙う。日本は米軍の前線基地だから攻撃する正当性も成り立つ。

米軍のグアム基地をターゲットと表示したことは、その前に日本の米軍基地には既に攻撃の手段が万全であることを意味する。この第一目標は完了している。

日本は、攻撃力はあっても使う能力がない。迎撃は攻撃より困難で日本国土に被害は起こる。日本は憲法改正で国軍の能力を上げ米国支配から独立しない限り、国家間の交渉やかけ引きすら出来ない。攻撃能力は、**大量破壊兵器を持った以上、戦争の局地戦の概念は消滅**する。防御は攻撃の概念と同じになり、瞬時に全軍事施設を破壊することが防御になる。その中に機能を止める原発施設も攻撃目標になる。この能力が日本にはない。

真の米国との安保条約は、日本にある**米軍基地が無くなった時期**で初めて成り立つ。それまでは、安保条約の役割は、米国の思惑の中の行動で物事が処理され、特に日本にある**軍事基地が前線基地として、自由に使用出来る**ための条約と見做すべきだ。

本来は、**自由民主主義圏を守るべき条約**だが、中国の台頭により、その理念より限りなく軍事手段強化の誇示へ傾倒する。日本国民の期待は、米軍が日本を無傷で守って欲しいが、それは殆ど考えられない。**日本に犠牲が発生すれば米国の軍事の正当性はより一層増し、**日本国内に基地を持ち続けるという皮肉なことになる。

北朝鮮の暴発

二〇一七年　十月

先日、北朝鮮への対応についての議論を見た。日本国民の大衆はこの事をどう考えているのか。分析すれば先ず、北朝鮮もアホではないから今の世に暴発など起こさないから心配しなくてもよいという感覚が大部分だ。

そうだろうか。**北朝鮮の行動は、たった一人の首領の気分で全てが決まる。**感情次第で何でも出来る。日本人の中にもいると思うが、腹が立つと死んでもよいから一矢を報いようとする。どんなに教養を身に付けても、この感情は無くならない。だから、予測の確度などは当てにならない。これから、米国だけではなく、中国がやむを得ず行う施策は、北朝鮮の一人の人間への縛りのやり始めだ。

北朝鮮の暴発は、日本に向けられている。先日、日本の共産党議員がテレビで、北朝鮮は米国相手にグアムを狙っているという。日本の軍隊が、ミサイルを打ち落とすなどしたら戦争にまき込まれるなどと言っていた。全くどこまでボケなのかあきれてしまう。

日本にある数多くの米軍基地は、言わば米国なので米国人がいる。軍隊もある。北朝鮮が、それを逃す筈はない。既に、その全てが日本軍を含め、**攻撃のターゲットとして準備が完了していると思うのは常識だ。**だから、日本の軍隊で防衛は出来るのかと問うのだ。日本の大衆は、日本には出来ないが米軍が守ってくれるという。これも、殆ど間違いに近い。正確に言えば、日本がやられたから報復してくれる。これが正しい。結果的には、状況によっては、日本は膨大な被害を受ける。**被害が大きいほど、米軍の正当性や評価は上がる。**

迎撃ミサイルは機能するか。発射の予告をしてくれれば迎撃出来るが不特定な場所、時間に無数のミサイルが**同時に飛んでくるから迎撃は出来ないと思った方がよい。**どのミサイルの破壊力が大きいかも分からない。

では仮に発射の動きを捉えたから、未然に防ぎたいと思う。日本にその防御が出来るのか。

それは全く出来ない。米軍がその気になれば、かなりの確率で防御出来るだろう。**その方法は、北朝鮮の全部の発射基地と、政府機能を同時に破壊することだ。**だが、これが出来るのは米軍だけだ。米軍は予告なしにやることはないから、まず相手に撃たせてからの話だ。日本にも攻撃する機能はあっても、憲法を審議しないと撃てない。つまり、防御と攻撃の区別のない時代を想定していない日本の憲法だからだ。

とにかく、**先ずは日本が被害を受けることが始まり**で、その被害の大きさは計り知れない。**東京を始め、米軍基地を有する地域は、覚悟を要する。**平和ボケの大衆のために、いやなことだが書いてみた。

日本の島を守れ　　二〇一七年　十一月

日本は広大な海洋国家である。これは前にも述べた。再びここで述べるのは、日本がそれらの島々を守れないのではないかという状況が、現実になりつつあると思ったからだ。

中国が、南シナ海のスカボロー礁に人工の埋め立て島を造り、そこを軍事基地にした。この島を中国の領土とするのは国際法違反行為だが、**中国には国際法の存在は全く無視出来る**感覚で、自ら国際法を作るのだ。**中国が最もやりたい事は、中国国土の東側一帯に、世界一の強力な海軍、空軍基地を設けたい**のだ。その構図を想定すれば、南シナ海には、もう一つフィリピンのスプラトリー諸島に軍事基地を設けようとしている。これから北へ向かって基地を拡大する。**台湾、尖閣、沖縄、五島から対馬へと延びる。その北は朝鮮半島であり、既に韓国がその配下になる**気配がある。中国が日本列島を配下に置くことは、悲願中の悲願だ。今、韓国を支配することは、日本と韓国が双方に社会の価値観が全く異なり軋轢を生む状態だから、極めて都合の良い戦略となる。**米国軍隊がいなければ簡単な戦略だ。**日本に対する支配は、次のターゲットとなるのだろう。

ただ本来、中国民族の歴史は、大陸の東側の大海は、未知の恐怖の海であるという観念だった。征服する意欲もなかった世界なのだ。それが、今は自国の領域にしようとする試みを持ち始めている。中国の豹変だ。

沖縄は周知の如く、沖縄地方自治が中国を向く可能性がある。中国にとっては、沖縄はもともと琉球王国だから、**歴史を戻せば、米軍さえいなければ中国配下にすることも可能なのだ。**更に、あまり知られていないが、対馬は今、韓国に蹂躙されているような状況となり、そこに中国の支配が及ぶことは容易に可能だ。ここは、実質的には、日本の領土だが、実行支配の手段が基本になるから、大量の資本を駆使して奪う戦略だろう。

日本は、自由主義を推進する国家だが、この理念の中に土地、即ち**国土の所有政策に問題**がある。社会主義では、基本的に国土の所有は個人ではないという認識が強いが、自由主義ではそこが緩く流通が自由化される。

ここに、**国体の異なる国家の戦略が入り込む隙**がある。だから、日本国籍の取得については、厳しい基準が必要なのだ。特に、国土の流通と、参政権は別格の扱いが必要であり、民族の概念さえ考慮の一端になる。特に、民族性の強い国家理念のある国や、共産主義のような国体の価値観が全く異なる国からの流入は、入国の個人尊重ではなく、十分に斟酌できる制度が必要だ。平等という見かけだけの美徳は無意味なのだ。

海洋国家としての、僻地、国境の島の要所には、何らかの基地に相当する施設が、あたかも人が住んでいるように互いに連携出来ることが望ましい。これは、国家の財力が大きくなければ出来ないことだが、国民を守るには必要だ。それが出来なければ、広大な領域はあきらめるしかない。

新しいロボット技術は、このような僻地での活用が効果を発揮する。そのような構想を常に行い、着実に実行に移すべきではないか。今までのように何もしなくて、国際ルールが守ってくれることはない。

無人で何の利用もない島は、自由に使える能力があれば使うという中国の感覚も普遍的になる。国境の発想は、海には適用されなくなってくる。特に大陸の列島線の島々は、中国にとっては利用価値のある島々になる。

中国は、国防に膨大な経費をかけるのだから、その政策を続けられるかどうかは分からないが、恐らく、日本の十倍以上になるかも知れない。パワーバランスというのは、それほど大変なものだ。

明治政府が大陸政策に苦労したことが、歴史をみればよく分かる。今、次元は異なるが同様な事態が生じつつある。誤解されている方のために加えて言えば、国際連合組織は正義ではない。本来の日本、ドイツを敵視した連合国軍の組織であり、七十年経っても国際組織としての改革は出来ない。両国が世界でも有数な大国になった今でも、何も変えられないエゴの固まりだ。今後も国際組織として正当に機能することはあり得ない。中国は当時、国家の形態すらなかったが、それが国連の正義と言われ権力を発揮しているのが現実だ。

辺境の国有設備　　二〇一七年　十二月

日本が海洋国家であることは前に述べた。だから、国家の防衛となれば、当然その特性に応じた防衛力を持つことだ。明治から大戦に至る間の政治家は、このことをよく理解していて、それに応じた海軍力を持った。その海軍力の可否と戦争への道の論議は別次元だ。

中国は、歴史的には海洋への進出は忌避する国で、正に大陸の国家なのだ。ところが、今の共産党国家になって、その方向が豹変した。世界一の海軍を構築する政策を重視し、結果的に**日本の海洋国家と対峙し軋轢を生み出す**ことになった。日本は、この事に対し、どうしても先手を打つ必要がある。海洋で活躍する日本国民を守る必要がある。それには、日本本土を取り巻く**諸島の国境を明確にし、常に実行支配の実態を示す**必要がある。そのための海軍の増強は大事な政策なのだ。

海洋の国境は、半世紀ほど前に当時の権力ある国家が決めたもので、正当性がある訳ではない。国家の力関係の結果だから、**力関係が変われば当然支配する国境も変わるのが中国の思想**だろう。国際条約も同様で、当時の有力国家の利権を守るだけのものに見えるのだ。特に米国はその支配者だったから、その基準を守ろうとしているが、力量の退潮は止めようもない。

近代の技術の先端をゆくＡＩ技術は、この戦略に最上の手段になるのではないか。あたかも海の中に国境の線引きをするように、**島と島を結ぶ国境沿いに、その防御設備を配置**しなければならないのではないか。それは公表するより、自国の政策として着々と実行に移すべきではないか。近代の防御装備ＡＩ技術は、日本であればこそ世界に先手をとれる。技術面、資金面を備えた国家にしか出来ない。そうすれば自ずから、その海洋の何処にどんな問題が生じたか、直ちに情報を得ることが出来、対応は海軍や警察の海洋警備が一本化する。海洋警備は僻地だから、勃発する係争は大小の区別がつき難い。だから警備は一本化していなければならない。

国境に関わる警備については、国内とは違って、**常に軍隊の警備部門の関連**として整備しておくべきだ。少なくともその情報は、軍隊組織に属し、国内警備より上位にあるべきだ。**警察の国内警備の範疇を拡大するのではなく、**国境は軍隊の警備の概念、言わば**有事の観念**が必要だ。**平和指向は、いつも軋轢の根源をぼかす傾向**をもち、結果的にトラブルを誘発する。自前の価値観で処理出来ると思うこと自体が日本のうぬ惚れなのだ。また、この話になるといつも、軍隊だと武器を持っているから戦争になるという。はなはだ**自己不信感だらけの臆病な意見**が横行する。日本人のマイナス思考は、「**病膏肓に入る**」ではないか。

海軍力増強の重要さ　二〇一七年　十二月

今の日本の海軍力の強さでは自国を守れない。増強する必要がある。この事について触れているのは、「ワシントンレポート」で有名な**日高義樹**氏の本『**トランプ登場は日本の大チャンス**』だ。本年一月発行だ。

この本は、多くの方々、特に若い人に是非読んでもらいたい。日高氏は米国の政界のトップに多くの知人をもち、米国の政治のあり方を熟知し、国家の防衛については、米軍と行動を共にする体験をもつ人だからだ。

米国の国家から見た日本の政治や、政治家のあり方などもよく知ることが出来る。**日本の政治家の音痴の程度も分かる**。国際政治の動きを見る目の鋭さは、余人をもって替えがたしともいうべきだろう。

日本の政治は今重大な岐路にある。これも何度か述べたが、中国の軍事拡大は止まらない。韓国はすでに中国との連携に傾き、その**対抗相手国は北朝鮮ではなく日本**を向いている。思い当たることがあるではないか。

特に、北朝鮮が持っていない海軍力は、韓国軍があたかもその部分を補完するように、強力な空母建造計画を進め、海軍を増強しようとしている。日本は、強大化する中国、韓国の連合艦隊に対応出来なくなる。他方、**核弾頭を持つ弾道ミサイルは、中国、朝鮮半島に無数に配備される**。

平和は、軍事バランスが壊れた時に危機をむかえる。今は米国の傘下で保護されているが、米国は日本に対し、**自国の防衛は自ら行え**と言っている。少なくとも**米国国民は、日本の自国防衛の怠慢を納得しない**。日本の政治や国民の思惑が、国際的に遅れをとってしまったことで、日本は世界の不信感と非難を受ける。

今後、日本にある米軍基地は、横田基地を始め、殆ど用をなさない状況に縮小され、米軍海兵隊は去ってしまう。米国艦隊が去れば、中国は何時でも島に上陸し埋め立てを行う。まさに、フィリピンの領域内にあるスプラトリー諸島と同じことが起こる。例え国際裁判が領土の正当性を判定しても、一旦始まった中国の工事は止められないのだ。竹島には、韓国空母が浮かぶ。ロシア艦隊は北方領土に集結する。

普通でない憲法と普通でない思想に甘んじる日本国民は、この時になっても怒らないのか。米国に代わって中国軍に常駐してもらうのか。今の基地に中国軍が滞在し、日本がその対価を支払う。これは米国と違い、中国の道徳観、封建思想、人間性には日本人が共有出来るものはないに等しい。**嘘と利権**が公然と横行する社会には耐えられないのではないか。日本国民が我慢出来なくなる、それが中国のねらいだ。

パワーバランスのため、**日本が核装備**するのはごく当たり前のことだと、自由主義国のどこの国もが思う。それすら出来ない国とは、あたかも協調性のない、いわば仲間外れの児童のような存在になる。他人のいやがらせをも甘んじて受ける国家になるのだろうか。

世界の自由経済の理念は、共産主義国家に見事に破壊され、長年の自由主義国の努力にもかかわらず、その富は奪われてしまった。巨大化した共産主義国家の一時的な富も、当然、自由貿易主義の衰退に伴って減少してゆく。だが問題は、共産主義専制国家は、**社会の貧困化を無視してでも軍事は拡大**してゆくことにある。北朝鮮の例を見れば分かることだ。平和主義の理念が存在し得る社会は、民族主義の国際社会では、極めて困難なことである。

それにもかかわらず、誰かが理想社会を追求しなければ、世界を良くすることは出来ないなどと、的外れで無責任な人達がいる。中国経済が当初解放され始めた頃は、**いずれ中国も自由経済へと移行**し、世界経済を支えてくれると期待した。だがそれは全くの誤解だった。中国の共産主義社会には、私有財産の権利を尊重する思想などそもそもないから、国情が傾けば没収することに何の痛痒もないのだ。日本企業の中国への進出は、どのように始末を付けられるのか。莫大な投資が危機に瀕する。

空母を二隻持つ

二〇一七年　十二月

今年の四月に、日本の軍隊が空母を持つ必要性を述べた。その具体策だが、**少なくとも二隻の空母が必要だ**。日本海、東シナ海・太平洋にそれぞれ配置しなければ、広大な海洋国家は守れない。また東アジアの平和や自由化にも貢献出来ない。

最新型の防御に優れた空母は高コストであり、恐らく一隻に一兆円以上の費用がかかる上、その建造期間が長期になるから、早急に大英断を行う必要がある。今の政権であれば出来る筈だ。そうしなければ、日本は韓国や中国に対し、また米国にも臍を噛む思いをすることになる。実際は、その空母の周辺の軍備の増強があるから、それに倍する費用がかかるだろう。そのようなことが出来る国家は世界でも少ない。日本は、世界から最も多くの恩恵を享受している国家の一つでもあり、**世界の平和に貢献する理**もある。

世界を見渡しても、日本ほど平和や人権の価値を正しく持てる国家はない。それだからこそ、日本は、実際に**国際紛争を制御出来る軍隊を効果的に配置し、平和の役割を負わねばならない。**特に、東アジアの安定した平和は、日本の力が必要なのだ。

国家として立場が似ているのは英国だろう。英国は米国とは異なった立場で世界の安定に貢献している普通の国家だ。その軍備は怠りなく行われている。日本はあまりにも米国の積極的活動や、軍備の強大さに甘んじたため、自国のあるべき姿を正しく見ることが出来なかった。その結果が現状だ。過去に政策の時期を見誤ったのだ。

世界では兵器が高度化し、核兵器やミサイルは、その殺戮の規模が巨大化している。それらの武器を持つ危険性は、政治組織や道徳、宗教、人間観が重要な鍵を持つ。それらの武器を持てば、日本国は世界でも最も適正で優れた社会だ。それにもかかわらず、**猜疑心が強く、胆力に欠ける**のもまた日本社会なのだ。日本国はもっと能動的に活動すべきであり、世界の平和は日本国の力量と関与を必要としている。

政治家は、今の憲法のなかで何が出来るかではなく、これからの日本国家や世界のために何をやるべきかを考えなければならない。

世界の科学は年々加速度を増す。古典的な戦争の攻撃や防御の考えを頭から払拭出来ないで何とする。これまでやってきた行動、意見や政策に固執するのでは時代遅れになる。政策は、常に十年先を読み決定し、改革を行動に移さなければ世界に対応出来なくなる。それが本当の政治だ。「もりかけ」などの些細な出来事に大切な時間を費やし、目に見えない次世代の問題の重大さの区別も出来ないでは困ったものだ。

朝鮮半島をどう見るか

二〇一八年　二月

先行きのことは誰にも確かなことは言えない。ただ自分で得た資料を総合しながら、その中から最も合理的な推定をするしかない。それでも、物事は思わぬはずみで方向を変えることもある。だから、過去の歴史は大切であり、**事実を正しく知る**ことが欠かせない。特に**民族の特性は、決して他民族と同じにはならない**。

中国の共産主義政権の動向により、周囲の国家の安全保障は緊迫する。日本にとって、隣国の朝鮮半島の動きが、直接日本へ大きな影響を与えることは確かだ。このことは、現代だけではなく、百五十年前から続いている。歴史的には二千年前からになる。だから、現状だけが特別ではない。その意味から、将来についても、ある程度の予測をしておかねばならない。

朝鮮半島は、米軍が撤退すれば南北は統合される。米軍が多大な費用をかけて、軍隊を派遣しているのは、自由民主主義を守りたいからだ。日本に米軍が駐留するのも同じだ。ロシア、中国、北朝鮮の社会主義国家の事実上の専制主義は受け入れられない。これは、米国、日本国民も同じ考えなのだ。

ところが、韓国は違っている。基本的に、国民は自由民主主義には関心がなく、その国家形態を維持しているだけと言っていい。中国共産主義に対する違和感は殆ど持たないと言っていいから、国としての相互依存にも支障はない。**軍事は自由主義を守るというより、強力な政権を維持したい**のが本音ではないか。韓国の大統領制の行方は、北朝鮮と中国の政略の如何によることになる。日本が行う自由民主主義の政策や規律に対し、不誠実と言える対応が頻発するのはその表れである。また、韓国は日本に利益を受けても評価はしない。それは、日本の尊重する道徳が朝鮮人には理解出来ないからだ。いやむしろ、**朝鮮民族の利己的自尊の性癖**によるものだ。

米国が**自国主義への傾向**を強め韓国から引けば韓国は統合され、中国、北朝鮮中心の政権になる。政権の中枢になる人物は、すでに韓国の中にもいる。左翼思想が強いというより専制的階級意識があり**反日を推進**する。

自由民主主義はなくなり専制主義に限りなく移行するが韓国人には違和感はない。これまでも政権の中枢にあった人物の末路は憐れで、人格の尊重は殆どないから分かる。まさに独善的専制主義の特質そのものだ。

中国の配下にあるから、独立しているように見えても、中国の意向が重視され社会は安定する。**中華思想の実現**なのだ。中国の、民族主義的、階級的な専制主義には、朝鮮社会は従順で抵抗がない。現在の韓国の中国に対する貿易拡大も、この事を是認しているから警戒感はない。結果的には韓国経済に対する支配権は中国が持っている。自由主義圏の経済社会の基準の順守を尊重する価値観はない。先進国の自由主義経済の価値観とは異なり、一種の統制経済の様相がある。歴史的な朝貢貿易を想像すればよい。

朝鮮の軍事力は、南北の統一により強大になる。**日本に対する優越感**を持ちたいと考えるから、海洋が接近した両国に紛争が強まる。国際法には中国と同じく独断的対応だから、**行動は独善的**なものになる。竹島どころか他にも問題を持ち込む。**国土の拡張に節度は存在しない**。策略を称賛し規則に対する遵守の価値観は基本的に重視されず、結果が良ければ良しとなる。**慰安婦問題、軍艦島の対処、暗殺者の崇拝**をみても分かる。

中国を囲むアジアの小国は中国の意向に左右される。日本の政治は、その**本丸の中国を相手**に対応しなければならない。それが将来の外交課題の全てになる。日本は、中国が自由民主主義への道をゆくように折衝する大変な事態になる。米国主体から、日本主体になることへの変化は並大抵ではない。日本は経済も軍事も、中国に対応出来る能力を持ち、**中国が日本を協力者として無視出来ない関係**を維持することが肝要である。

二〇一八年　三月

軍国主義中国の正体

世界には多くの国家があるが、その成り立ちは千差万別である。日本に最も関係の深い中国という国と日本はどう違うか的確に答えられるか。その大事な基本をわきまえなければ、親しく付き合うことは出来ない。

　中国が民主主義ではない国家であることは誰でも知っている。また、中国は日本より遥かに古い歴史を持ち、日本文化に大きな影響を与えたことも知っている。

　しかし、やや極言かも知れないが、**今の中国は、それらの歴史的価値観とは無関係な国家なのだ。この国家の歴史はわずか七十年ほどであり、殆ど文化を持たない軍国主義の国家なのだ。**十三億と言われる人口でさえ、実態は中国国民とは言えない。愛国心もない多民族の虐げられた人々なのだ。しかも、党が支配する政治は益々独裁色を強め、ロシアや北朝鮮と同じような専制君主主義国家なのだ。

　強大になった中国経済も、文化や産業技術を独自で開発した結果ではなく、自由主義経済国家群を相手に、国家自体が企業となって利益を獲得したものだ。そしてその結果が、国家の強大な軍備を可能にし、今後は益々その軍備が加速度的に膨らむ。力による国境の回復と称して、**領土の拡大を意図**していくのは間違いない。

　広大な中国大陸は、歴史上は、その地方に住む民族の闘争により、戦いに勝った民族が多民族を支配し搾取するという構造が真実だ。だから、自由民主主義のような政治形態はあり得ない。支配された民族も、国家としての政治に参画することはない。**国の治安は政府の軍事力**なのだ。だから、その支配が周りの海外の国家に及んでも、自国としては何の違和感も持っていないのだ。だから太平洋戦略の話が出てくる。

中国が国際条約を無視して南沙諸島を埋め立て、軍事施設を造ったことは皆が知っている。中国は、批判を受けても少しも怯まない。だから、米軍の空母や日本のイージス艦が公海として航行する。中国はそれをさせたくないから最新鋭の空母を数隻建造していると言われる。**原子力空母だから常時海上に君臨する。**太平洋艦隊として他国の追従を許さないためだ。それらの強力な軍隊が、民主主義にコントロールされず、独裁の長期支配者の意のままになることだ。それは東シナ海、沖縄に対する戦略にもなる。日本国民はよく考えて欲しい。

中国は、民族の支配による国家だから、建国には、古い他民族の歴史は不要であり、**建国に有利なもの以外の歴史事実は価値がなく無視される。事実に反することでも、恥じることはない。**

四川省の奥地へ行けば分かると思うが、都会から疎外された民族は貧しい暮らしだ。その地が歴史的に価値があり、澄み切った川の自然に恵まれていても、観光で金を稼がない限り壊され捨て置かれる。この国家に文化的価値観はないと思われる。長江の白帝城付近の水没もその一つだ。

世界の自由経済のお陰で大きくなった中国の産業は、いずれ中国経済自体も自由経済圏のルールに従った発展をすると信じて、各国は我先にと中国へ進出していった。これが浅はかだったことを、今感じている。

事態は、国家の独裁政治による経済への影響は益々強まる。**そしてその富は、党の軍事力を世界一に向けて強大化し、国家の経済に参画する企業を有利にして支配を強めるだろう。**結果として、世界は、国家間の保護貿易が拡大する。かつて、世界が冷戦時代に二分された勢力争いの図が、再現される可能性が高まっている。その時に、日本はどのような価値観をもった国家として評価されたいのだろう。

独裁体制の拡大　　二〇一八年　四月

世界の国家の独裁体制が拡大してきた。先進国の自由民主主義が発展指導した時代は終わった。ソ連が崩壊した時点を境にして冷戦構造が崩壊した時は、皆が本当の平和がやってきたと思った。しかし、それも長くは続かなかった。テロ国家の台頭や崩壊を経て、今はロシアの独裁制への深化と、北朝鮮の独裁に加えて、更に強大な中国の専制政治と軍国化拡大が進行し、世界は緊張が高まってゆく。

独裁政治の大きな特徴は、例外なく**軍事力を拡大強化**し、**領土拡張を際限なく行う**。かつて先進国が行った植民地支配の政策と同じ行為を、今また再び後進国が行う構図となっている。そして**独裁政権は長期化する**ので、政権の崩壊は、殆ど独裁者の粛清以外にはない歴史だ。

大統領制は民主的のようでも、社会の民族性のモラルを残したまま、強大な権限を支配者に付与する構造は、独裁政治とは紙一重である。機能的には民主主義を失う。ロシアが典型的例だが中国も殆どこの方向へゆく。韓国もその傾向がある。韓国は歴代大統領の実績をみれば分かるが、為政者の末路は、国家への貢献を称えられるどころか人格が犯罪などで卑下され、殆どがまともではない。独裁政治スタイルだ。

民主主義国家の弱点は、政権の寿命が短いことだ。どんなに理想的な改革でも、**国家としての長期構想としての計画や改革は遅々として進まない**。他方、独裁国家は、極めて危険ではあるが、国家の変革が早い。自由民主主義国家が、長い年月をかけて維持してきた国際的秩序は、この数年の間に壊されてゆく。勿論、先進国は秩序を維持するあらゆる努力はするだろうが、物事は造り上げるより壊す方が明らかに早い。国際的合意と思われた国境や運用規定なども、殆ど反故に等しい。民族間の融和の理念なども軽視される。

日本は、先進国として力量のある国家だ。だが、**軍事力を備えた普通の国家ではない**。**憲法の規定があるから、未だに米国の属国のままだ**。これでは、世界の自由民主主義を維持推進してゆけない。世界の専制主義を抑え、民族の融和を推進するための力量を、名実ともに備える必要がある。それが、日本の次世代が生きて行ける最良の道であり義務である。それにもかかわらず、今の政治家の大半は、戦争の実態を知らず、自由民主主義ボケのまま、その現実の急変を感じず、呑気に身辺事の議論ばかりに熱中している。

朝鮮半島の問題

二〇一八年　四月

南北朝鮮が平和に向かうことは良いことだ。だが理解出来ないのは、社会理念の全く異なる社会同志が、どうして平和裏に国家としてまとまれるのか。どちらの社会が壊れ片方に吸収される体制をどのようにやるのか。

ドイツが統一国に戻れたのは、東側国家が崩壊したからだ。朝鮮半島の実情は、北朝鮮の独裁者が、権力を放棄するとは思えない。このような独裁国家は歴史上多かったが、権力者は権力に固執するから殆ど滅ぼされるまで戦うのが実態だ。だから、朝鮮半島の場合は、平和的に解決すると言えば、韓国の民主主義が滅び、北に吸収され、共産主義の独裁国家になるのではないか。

それは、**中国が支配し、米軍が撤退する**からだ。北朝鮮が、核やミサイル開発に固執したのは、独裁者の体制存続を米国に保証させる、ただその一点に尽きる。韓国の社会は、自由民主主義的理念に、あまり執着がないように思える。つまり、中国の政治形態に対する嫌悪感は無いようで、日本人の概念とは大きく異なる。貿易の依存度を見ても、中国への警戒心はなさそうだ。韓国の歴代大統領も中国に親しい。

中国は、北朝鮮を配下のように思っているから、韓国もその配下になる可能性は高い。朝鮮民族は、歴史的に、大陸の一部にある民族の誇りがあり、それが中華思想だった。それは、今でも変わらないようだ。不幸にして、大陸の権力者は、二国共、今は共産主義者だ。韓国は、米国流の自由民主主義の政治体制には馴染まず、必ずしも好んではいないのかも知れない。

中国は、朝鮮半島を属国のようにすれば、軍事的、経済的にも保護する。それで朝鮮民族は満足するのだろう。従って、その方向の成り行きであれば、朝鮮半島は、中国流の共産主義社会の政治体制になる。北朝鮮の独裁者の立場も何とか維持出来る。日本にとっては異質な社会だから、政治、経済共に相容れない部分が多い。この社会との付き合いは、心して行う気構えも必要になる。米軍の居ない韓国の、先行きの最も確かな成り行きではないか。

この成り行きが確かならば、日本国はどうするのか。日本は韓国という民主主義の緩衝地帯を失うから、**米国に頼らない自国の独立した憲法をもち、経済と軍事に優れた自由民主主義国家として、世界を先導出来る実力のある国家になることだ**。特に日本の海域の防衛は、今までより強力にする必要がある。何故ならば大陸の二大社会主義国家の実績を見れば分かるが、**国境の概念は希薄**だ。国際組織の裁定などは、周知のように統制力を持たないから役に立たない。中国の海域行動は、既にそのことを読んだ上の政策を実行している。

つい先日のテレビの報道だが、かなり年配のキャスターが、日本国憲法は、世界的に平和な理想をかかげてきて、日本は七十年以上も平和に過ごせたのに、憲法改正が問題化しているのはどうなのかと言う。三つ子の魂百までというが、戦後教育は、実態の分析さえも阻害しているようだ。明確なことは、日本の平和の実態は、米軍の駐留を、未だに認めざるを得ない状況の中で維持されている。これを異常とは思わないか。**米国も、軍事力を持てないようにした憲法を日本に押し付けた**、その責任が尾をひいているのだ。

朝鮮半島の先行きは、まだ予断を許さないが、現実問題として動き始めた。そして、周囲の国家を含め、新しい普通の相互関係へと移る。圧倒的に大きかった米国の影響力が変化し、終焉へ向かう時期にきた。日本国家の政治にとっては重大な時期だ。国内問題で議論ばかりしている場合ではなく、強力な意思と実行力が対外政策に必要なのだ。

五章　世界の経済が激変する

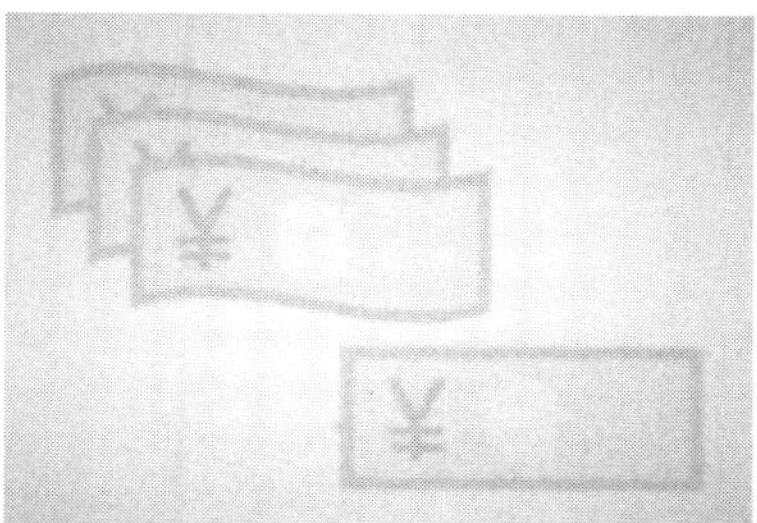

消費税のすすめ

二〇〇五年　三月

消費税のすすめ、などと書いたら、多くの方々に嫌われるかも知れないが、それを承知で書く。読んでみるかという気になっていただければ幸いです。

消費は生きるに必要なもので、庶民の貧困な方々まで、一律に税をかけるとは何事かという。またそうでなくても、消費は経済の好調さを示す指標として、消費意欲が無くなれば不況になる。という論調が普遍的である。いわば、消費は先進国の甲斐性であり、文化レベルの高さとして賞賛される。

これでよいのか。食うに困った経験を持つ私の世代は、頭のどこかに、生きてゆける最低限の生活が、どんなものであればよいのかいつも明確である。従って、消費を沢山行う者は、それだけ贅沢をし、豊かなのだから、税により社会にコストを支払うのは当たり前なのだ。**豊かさの真実の姿**は、精神的なものに起因する。古くから、その日の食があれば、豊かな生涯を送れた人は沢山いるし、終戦後の飢餓の時期でさえ、子供共々家族のため、皆のためにつくす充実感や、人に認められる満足感、将来の希望など豊かさはあった。

翻って、今は、消費そのものが、多大なムダを含んでおり、また、生活レベルが他人と異なると、直ちに不幸と錯覚するから、無理して他人に合わせようとする。独自性が、まるで欠けてしまったのか、豊かさの感覚が、狂ってしまったような気がする。

消費税は、本来何を意味するのか、考えるべきではないか。**消費にムダがないことは、地球**

環境に最善のことであり、環境炭素税などという邪道の租税で尻をたたくより、消費税の方が、余程ましなのではないかと思うし、その上で、経済が発展していくことが望ましいのである。

ＴＰＰ問題は分明

二〇一〇年　十一月

国家の経済発展の基本は、農業にあることを、数年前からこの欄で述べてきた。ここに至って、農業問題は、いよいよ待ったなしの問題として浮上した。**対応が遅きに失してしまったことを意味する**。

ＴＰＰ問題は、相手国がどうあれ、障害なしに、自由に往来できる関係が、究極の人類の発展であることは言うまでもなく、その入り口がＴＰＰであると認識しない限り前進はない。日本が世界的に、高度な文化生活を享受出来た原点でもある。他国の考えや、対応がどうあるかなど、真似をし、考慮する場合ではない。**国家の基本理念**を念頭に行動すべき時だろう。

この問題の**足かせは日本の農業**にあることは承知の通りである。しかし、よく考えて見る必要がある。何故に、日本の農業が世界に劣るようになったのか。日本のトップは、皆と良く議論してなどと、悠長なことを言っている場合ではない。明確に日本国家の先行きを示し、**農業改革を行う意志をもって先導しなければならない**。日本の農業については、誤った宣伝が行き渡り、土地の広い国に対抗出来ないような情報が、結果として保護政策を続けさせた。**自民党票田の最悪の政策**と言わざるを得ない。不可解なのは、民主党になっても、期待した変化がないのは何故なのだろう。

日本農業で世界に誇れるものはある。気候も、災害などに対するインフラもかなり有利である。欠けるのは、**意欲と法の整備**である。**米作農業は典型的な時代錯誤の中にある**。昔の手作業農家が行った耕運、潅水、除草など、労作量が著しく変化したにも拘わらず、区画は依然として戦後のままで、片手間農業に変質し、もはや専業体勢に戻れない。改革など出来る体勢ではない。土地の活用効率は著しく低下し、個人資産化してしまった。

経済で言えば、活用出来ないタンス預金のようなものである。これでは、明治時代の少数の地主制度の方が、まだ改革が容易である。今は、複雑な利権主義が、土地の公共性を奪ってしまう結果となっている。

今も昔も変わりはないが、改革は現状を壊すことであり、それには痛みがある。痛みが大きいほど、改革は成功する。ほどよい妥協をしたところは、企業であれ、何であれ長続きしない。それが出来なければ、外圧によって、一度悲哀をみるはめとなり、それから立ち上がる方法しかないのである。

デフレの本質

二〇一三年　十月

日本の経済成長期の再現を夢見るのは間違っている。日本の株価は、確かに上昇したが、その株を動かし、押し上げたのは、外国資本であり、国内の投資家の金融機関、法人、個人投資家は、むしろ撤退している。日本が、本当に活性化するかは、その社会構造に関わるものであり、改革をやり遂げるという期待を、持てないところがその理由である。外国資本も、日本の今後の経済成長を買っているのではない。為替レートの、一時的利益を享受しているだけである。

日本の財政政策は、誤ったまま二十年以上の長きにわたり、取り戻すには遅きに失した感がある。経済の着実な発展は、その財政の健全さが背景にない限り長続きはしない。金持ちの道楽息子が、やりたい放題で、大きな借金を抱えてしまった。身内からの借金だからと言いながら、その利子さえ払えず、元金の返済など及びもつかなくなってしまった。身代が続く間は、まだ世間もちやほやしてくれるが、金の切れ目が縁の切れ目という事態である。どうすれば良いのか。借金の相対的価値を落とせば楽になる。それは、貨幣価値を下げるインフレなのである。

経済活動が活性化し、インフレが起こるのは良いが、日本の高コスト構造では、簡単には活性化出来ない。

となれば、世界経済の中にある日本は、周りの国々が成長し、日本と同様な、高コスト構造になるのを待つのか、これも際限なく可能性が低い。

日本のデフレの本質は、世界経済の中で、あまりにも日本自身の力を過信して、金に溺れ、**社会の高コスト構造を作ってしまったこと**にある。所謂、不合理な団体など、経済活性化に反する扶養家族をかかえてしまった。自らの実力以上の施策、社会保障政策など、見かけはすばらしいものでも、それを維持する能力に欠けている。一度手にしたものは、止められなくなる。他国では、普通のことでも、日本では受け入れられない感覚になる。従って、他国の低コストの製品が、日本に流入することは悪であり関税をかける。国内だけで成り立つ経済ならば、それでも良いが、今はもう、世界経済は一つになっている。

日本は、日本自身で、自らの規制や既得権を改革することは出来ない。唯一、ＴＰＰは、この改革の原動力を与えてくれるものであるが、目先の痛みに耐えられず反対をする。取分け農業は、その最たるものであり、自民党自体を改革するのが困難を極める。しかし、世界は、想像以上に早く回転し進歩を遂げる。規模も大きい。コメの価格が五分の一以下になれば、日本の人件費も安くなり、あらゆるものが活性化する。日本の技術力は、それを可能にする能力を持っている。反対のための理由など嘘がある。日本の将来を見るなら、世界でも有数で、高度な進歩を遂げた先人の歴史を、しっかりと見据えることが大事である。

消費税のモラル

二〇一四年　三月

消費税の三％アップが一か月後に迫ってきた。マスコミを主にして買い急ぎをどうやるかなど、益々騒々しさが増している。要は、税金を、どのように回避するかが大事な知恵で、それが庶民の良識なのだと思わせるキャンペーンである。時代の趨勢というのは、今さらながら感慨を深くする。

日本は大局的にみれば、世界に比べ貧富の差が少ない裕福な国家である。裕福というのは、どこまで行っても、精神的裕福を実感しない限り達成感は得られない。庶民と言って憐れみを訴える政党など、戦後のどん底と殆ど変りはない。国家が貧困に喘いでいた時期では、国民が国家に尽くす義務として、社会に貢献する預金や、税金の納入、主食の米の供出など、国民のモラルとして自然に受け入れられていた。人が生きてゆく上で社会に恩恵を受けるコストは、自らが支払う義務を負うのは当たり前で、子供の頃の重要な教育の一つだった。

消費税というのは、その個人個人が消費する社会の産物に対するコストである。どんなに金持ちでも、安価なものばかりを消費していれば、贅沢はしていないから、貧乏な人と大差なく、社会へのコストはかかっていない。だから税は同じでよい。まさに、平等の原則に適っている。金は消費してこそ裕福という、精神的な面はさておき、基本的な観念である。

もう四十年も前になるが、当時、世界で最も進んだ社会と言われる米国に出張したことがある。日本では、物のない時代だから、方々で買い物をした。その時、目に見える形でタックスという項目があり税を払わされた。誰にも平等な、税の義務の実感を初めて知らされ、思いを新たにしたことを思い出す。

今、日本にも多くの外国人が観光で訪れ、買い物をしてゆくが、彼らに、はっきりと日本国家に納める税を明示した方がよい。十%、二十%の消費税をかけることは、ごく自然のことである。当時より、はるかに便利になったインフラの恩恵を受けるのだから、それを維持するコストを支払うのは当然である。

日本は、自由な国だから、どんな発言でも構わないが、**人たるモラルの理念**を忘れてもらっては困るし、どうせ払うものなら、気持ちよく払えば、精神的に豊かになるのではないか。

競争社会の推進

二〇一五年　十月

競争社会の推進と言えば、恐らく多くの方々、とりわけ政治家の野党の方には、とんでもない奴だと言われるかも知れない。しかし、生きる者の本質は、太古の時代から、**競争によって栄えた**のである。人間のみならず動物でも、種の絶滅を避ける方策として、熾烈な競争を行ってきたと言えば、多少は繁栄の本質がお分かりいただけると思う。人間社会の三千年の歴史をみても、その全てが競争の歴史である。

人間社会に競争がなければ繁栄もなく滅亡する。しかし、競争による被害や悲哀は避けられないから、せめてもの知恵として、**その競争の仕方の規則や道徳などの縛りを共有し、競争による脱落者を救うことも考えた**。競争を回避する社会を理想とする理念もあり、今でもそれを信じる人々がいるが、それは本質を見誤っている。

歴史的にも、また現代でも、**競争を回避する社会は衰退し消滅してゆく**。競争を回避する政治は、武力による封建国家や共産国家のような、階級的人権や民族主義のような統治に帰結してゆくのは歴史が証明している。国家に裕福な資源がある場合は、競争も沈滞化した社会になるから、発展は乏しくても一見平和に見えるが、資源は無尽ではないから、競争がなければ、いずれ没落する命運にある。

日本もかつては資源国であり、金、銀を産したが、近代では石油、石炭も枯渇した歴史がある。競争には、武力や経済力などの面が社会を支配するが、それが国家になると戦争になる。経済の争いは目に見えない争いとなり人々の格差を生む。例えば、ＥＵ社会は、一つのルールの下に国家の統合を図り、融和を図ったが、競争を排除しようとしても、競争に脱落してゆく国家が出来るのは、ごく自然のことである。結果として、敗者を最低限保護する義務もルールとして必要になる。

自由主義社会はルールによる競争の社会である。ルールに相反する国家との競争は行ってはならない。新たなる富は競争により生み出される。その恩恵はその生み出した社会に多く還元されることは言うまでもない。

学校教育も、競争しない和気あいあいの精神を強調するあまり、厳しい競争に打ち勝つ精神を養えず、学力や体力などの能力の格差を尊重する風潮も無くなってきた。真の格差は、人々の富を推進してゆく動力源であり、その社会の発展をもたらすので、回避すべきものではない。その認識のない人が増えた。日本の産業は、米国の保護を受けたが、それはまだ経済が国内経済主体の時代である。

工業では競争のルールの一つに独占禁止法がある。これは、**消費者保護の立場**から考えられたルールだが、工業にとっては、私が現役の時代でさえ、競争に制限を加えるものだったから、より良い生産性、品質を推進しても、この法によって**発展が損なわれる経験**が多かった。

独占禁止法が機能するのは国内経済の中であり、**国際競争になった世代ではむしろ弊害とな**り、まして自由貿易の時代になればそのルールは害になる。そのような法や、規格や許認可などは、早々に撤廃すべきものだが、弱肉強食の幻想が払拭出来ないから撤廃も出来ない。日本の工業が海外進出を行い、日本が空洞化していったのも、単に海外人件費が安いと言う一面だけではない。政治が産業に無理な環境を放置した結果である。

農業に至ってはもう論外であり、**戦後の食管制度を引きずり、それが岩盤規制となり、農業従事者の競争はどこにもない**。この業界が発展しなかったのは、まさに**競争の原理を無くしてしまったからである**。**共同組合と名の付くものは、ほぼ競争原理を封じる役割**を負うものである。これと似た存在が、官営企業や官業に関わる企業などである。事故を起こした電力会社などもこの分野に入る。

社会の格差が大きくなったと言い、民衆の感情を利する政治家もいるが、**格差の本質の価値を正しく判断する理念に乏しい**のではないかと思う。自由競争の社会の中で、日本が世界の中で、どれほど裕福であるかは、他国の多くの国民が、貧困で、死と向き合う生活をしている現状をみれば分かる。世界は益々近くなっている。世界に通用する理念を、しっかり示すことも今後の日本のあり方の大切なところである。若い頃、「働かざる者、食うべからず」という言葉をよく聞いたが、最近は聞いたことがない。働くことは、競争なのである。

自由主義経済の崩壊

二〇一七年　十月

十月十四日の日本経済新聞に、次世代車載の電池生産に、中国政府が国家の資金をかけ推進していることが報道された。**莫大な国家費用**を投じ、中国企業は、世界で六割のシェアに達するようだ。先端技術として先行した日本の企業を押し退けてだ。このような話は、過去に、韓国など半導体分野でも起こった。

先進国で維持してきた自由主義経済は、試行錯誤の中でいくつかの普遍的ルールがある。例えば、企業には公平な競争をさせるため、**独占禁止法や特許制度、金融制度、不当廉売、価格協定禁止があり、国家間の経済力差などの格差によっては、国家資本の投下制限や、国家間の関税もある。**これらの相互の話合いの中から、企業の自由で多岐にわたる発展が促進されてきた。そして、これが社会を豊かにした。

自由主義経済界の発展には、これらのルールを無視する行いがなかったとは言えないが、規模が小さいからそれなりの問題でしかなかった。ところが、この数年の状況は、**統制経済の大国が続々と参入し、他企業の力を国家の膨大な資本によって打ち砕き、自由な競争が成立しない状況になってきた。**鉄で見られるように、一国の利己主義を封じ込めることも出来なくなった。関税による制裁も、強弱二国間経済協定により、自由経済を無視した不当な製品が、ザルの目から漏れるように世界に出回る。企業が現地生産を図っても、企業の国籍で差別を受ける。本目に見えない阻害要因が大型化することは、国家戦略による自由主義経済への破壊となる。

来の自由主義国家は、自由主義のルールの尊重が重要であることが分かっていても、それを侵すものがあまりにも大きいから、自国の利益に目が眩み、なし崩しに不正を受け入れてしまった。もはや制御不能となった。

自由主義経済が高度化すれば、各国の貿易は盛んになり、関税障壁も限りなく低くなる筈だった。だが、この理想は、もはや夢と化す。ＴＰＰ構想も破壊される。いわば**国家企業が、国家の命運をかけ、世界の企業と戦う様相が拡大**しつつある。業種で世界ランクをみても、中国の企業は、自国の大きな消費と国家資本を背景に、上位を独占する事態がくる。尊大な中国には、自由主義経済の理念は全く無く、朕は国家なりという国際法を作り出す。経済小国は、もはや戦える土俵がない。大国に従う経済へと移行する。自由主義経済による企業は衰退し、新たに国家主義経済が主流になってゆく。結果として、小国の国力は益々落ちる。

関税政策は再び大きくなり、国家の利益を守らざるを得なくなる。その国家なりの経済水準の個性化が始まる。いわゆる**国家経営による企業を前提にする社会主義だ。**そのような社会は活性を失い腐敗が横行する。

国家の豊かさの概念も変わらざるを得ない次世代がくる。そのような世界を作ってはならない。対応を考え直ちに実行すべき現実を認識し、それを本気で行う時期ではないか。米国は破天荒なトランプ政権だが、意外にも**感情的に自由主義の矛盾や不正、甘さなどを突いている。関税強化**がそれを是正する方策なのだ。

自国主義経済の検討　二〇一七年　十二月

自由主義経済の敗北が濃厚になっている。保護貿易が世界に蔓延する。経済活動への国家支配が増大すると、**自由経済の守るべき前提の規則が無法化**してゆく。その先端をゆくのが中国であり、対抗するのが米国だ。経済規模の大きい国家が自由主義経済から逆行する。

日本は、まだ高度成長時代の経済観念が忘れられず、経済成長の指標の見方も、政策も当時の観念が中心である。需要と供給の関係や、労働者の所得水準などを問題にする。本来、企業に従事する人々の給与所得を、国家が決める等は邪道なのだ。給与は、必然的に上がるべき時は上がる。企業が、政府の指示を聞きながら従うような**経済自体が高度経済成長期の発想**なのだ。これでは、日本の真の企業発展はない。

日本の豊かな暮らしは、世界の自由貿易により支えられている。だから、日本は自由貿易主義を推進しなければならない。それが正道であるのに異論はない。だが同時に日本は、国内経済の欠陥を強力に是正しない限り、経済全体が衰退する事態になる。自由経済は一方では、**経済に体力の増強に矛盾する悪癖を増長させる**。

自由主義経済に反するようだが、**自国主義経済になった状態を前提にした国内の経済体制を想定**すべきだ。政策は、理想に向かって進むべきであるが、そうならない場合の最低の施策を、本気で進める時期ではないか。

経済の指標が全てではなく、国内の経済実態の不合理から物事は起こる。コメを例に出したのは、コメは日本人の食の中心で影響力が大きいにもかかわらず、その需要は減少している実態がある。生産者について、コメ農家と言えば、お年寄りの顔が浮かぶような感覚が殆どで、二十代の若者の農家というイメージは無い。

これは、社会の不合理の最たるものだ。その原因は、農家にあるのではなく、農業を地盤とする政治家の無能や、国家企業にまでなった農協のような存在の利権集団なのだ。だから生産革命が出来ない。

日本の第一次産業の衰退は、生産性が低過ぎるにもかかわらず、その対策がなされていないことだ。これは誰でも分かる。農家の個人所得が増大せず、商品の価格統制と国家補助ではどうにもならない。

それ以上に問題なのは、日本の経済は、その**生産に必要な資材の調達が、国内であれば最も合理的**な筈であるにもかかわらず、ほとんどが**輸入品に頼る**状態になってしまったことだ。高度成長時代は、一つの商品を生産する場合には、その周りに最も近く資材を調達出来るシステムが成長した。これが、その後、**人件費の高騰や後進国の参入により、コスト構成が崩されてしまった。**更に、大した技術でもない量産を行う製造業は、労働コストの安い海外へ移転してしまった。

政府の政策の無能さが、このことを軽視し、金融政策本位に頼る社会になってしまった。自国主義への回帰は極めて困難な事態にある。だが、それをもう一度見直し、本来の自国主義の原理原則は何だったかを考え、実行に移すことが必要になっている。

六章　正しい歴史の中に知恵がある

中国と日本の歴史認識

二〇一〇年　二月

世界的に、中国の著しい台頭により、各国の政治にも変化が起きている。日本でも政治家の未熟さなのか、経済や軍事、教育に関る諸問題で、右往左往しているのが現状ではないか。日本国家が行う歴史教育までも、外国の目に怯えながらやっているなど異常事態ではないか。**歴史認識など、本来その時代の事件だから、後世でその良し悪しを問うても結論は出ない。文化の異なる国同士が、答えを同じにしようなど無意味である。**

日本と中国との関係は、二千年に及ぶ古い歴史の中に立脚している。相互に利することもあれば傷つけ合ったこともある。日本の平安時代は遣唐使により多大な文化を受け、五山文学のような仏教文化も輸入した。その反面、元寇は日本を襲い、また倭寇は中国を襲った。日本にとり、歴史の中では、中国は日本に貴重な文化をもたらす国でありながら、常に日本を支配する意図をもつ国として、脅威を持たなければならなかった。

従って、日本は、中国に対する、民族の思想をよく研究した。その一方、中国は、国土が広大だから、日本の研究は部分的であった。その基本的な違いの中から、戦争や、講和は起こっている。豊臣時代に、日本は、明国の脅威もあり、朝鮮の役があり、今の北朝鮮の首都を征服し、明国と対決した。また、明治時代では、清国と戦争をし、清国が敗北すれば、それに代わって南下するロシアと対決し奉天へ進出した。更に、昭和初期に起こった戦争は承知の通りである。歴史上では、日本、中国、ロシア共に、朝鮮という国は、その境界にある玄関口としての認識であり、朝鮮にはそれぞれ迷惑を及ぼした。従って平和は、この間の力のバランスの上に到来する時期なのである。今、日本では、自国の歴史をしっかり見直す人が減ってしまったように思うが、世界の国々の殆どは、自国の繁栄のみを願うものであることを忘れてはならない。

江戸時代の初期、他国との関係が比較的少なかった時期に、**山崎闇斎**という朱子學者がいた。この人の主張は、後の明治の**徳富蘇峰**による「**近世日本国民史**」に記してあるが、いつの時代にも当てはまると言っている。今も同じであるように思う。そして、そのことを考えなければならない時期が、目の前に来ている。

「**吾國《わがくに》に生まれて、吾國たとひ徳及ばざるとて、夷狄の賎号《せんごう》を自ら名乗り、兎角唐《から》の下《しも》に付かねばならざる様に覚え、己《おのれ》が國の戴く天を忘るるは、皆己が親を賎《いやし》むる同然の大義に背《そむ》きたる者なり。況や吾國天地開けて以来、正統続き、萬世《ばんせい》君臣の大綱変《たいこうへん》ぜざること、是れ三綱《さんこう》の大なる者にして、他国の及ばざる所にあらずや。その外武《ほかぶ》毅《き》丈夫にて、廉恥《れんち》正直の風《ふう》天性に根ざす。是れ吾國の勝れたる所也。中興よりもしばしば聖賢《せいけん》出て、吾國をよく治めば、全体の道徳礼儀、いずれの異国に劣ることあらん。それを始めより自ら片輪者の如くに思い、禽獣《きんじゅう》の如くに思い、作り病をして嘆く輩《やから》、あさましきことに非《あら》ずや。**」

歴史認識　二〇一四年　一月

最近、韓国の大統領が、「歴史認識」という言葉を連発しているが、違和感があるので一言書くことにした。韓国大統領が、「歴史認識」ということで、自分が一番よく歴史をわきまえ、世界に、とりわけ米国に正しい主張をし、日本が異常であることを喧伝している。しかし、これはどうみても子供の喧嘩のように、感情論ばかりで、大方は、利害が一致しないだけのことで、国家間の問題の次元ではない。「歴史認識」と、実際に起こった「事実認識」の区別が、まるで混同していて、無関係な知識の少ない国々を、巻き添えにしてしまう。

「歴史認識」という言葉を使うなら、少なくとも自国の正しい事実と価値観を把握していなければならないし、同時にそのことは、他国には、別の価値観があることも知るべきだ。「歴史」が立脚するところの「事実認識」は、限りなく正しくなければならない。だが、「事実認識」は言うべくして、実際には正しく事実として捉えることは難しい。韓国のような、民主主義でありながら、なお言論を左右するような、統制がかかるところでの「事実認識」は特に難しい。まして、中国のように、言論の自由を認めない国民が、「事実認識」を正しく捉えるのは不可能である。物事は単純なのだが、これが国家間になると、どの国も利害が少しでも得になる方へ動くので、まさに大義のない、下等な争いに巻き込んでゆくのである。

靖国参拝は、日本の千七百年に及ぶ歴史の中にあり、近くは明治の時代を知らなければ、歴史的位置づけは把握できない。戦争というのは、国家と国家が争うものであり、自国の価値観を、相手に強要するものだが、民族、宗教、哲学などが異なる国が同意するような歴史はどこにもない。そこに存在するのは、力関係だけである。世界の歴史が証明しているし、今なおそのような事実が、至るところに勃発している。

よく見れば、戦争が終わり、その力学は一時的に強者、弱者で決着したようでも、依然として無くなることはなく続いている。戦争は戦いだから、戦士に相手を憎むことを徹底しなければ、勝ちを得ることは出来ない。

そこに、**必然的に起こる暴力や、非人道的な行為が、制御不能になるのは明白**であり、軍はその問題をどう処理し、また防ぐかが、その軍隊の大事な規律である。これは、今行われている地方の争いや戦争がそうであり、現実に殺されたり、犯されたりしている。過去の戦争もそうであり、戦後も変わりはない。戦争の実態を、経験しない世代が、理解し難いのは分かるが、平時では、出来る限り多くの事実を、正しい事実として捉えなければ、正しい「歴史認識」は出来ないし、感情と感情がぶつかるただの口喧嘩になってしまう。

余怨《よえん》

二〇一五年　四月

中国の紀元前の大書「**老子**」の言葉の中に、「**大怨《だいえん》を和《わ》すれば、必ず余怨《よえん》あり。**」とある。隣国の中国や韓国との付き合いにおいて、日本はその国民性、価値観の違いか、対応に困り理解に苦しんでいる。日本国民は、相手が蟠りなく付き合える国とは、到底思えない状態に陥っている。その呪縛を解く一つの観念が老子の言葉ではないか。

即ち、歴史的に戦争が少なかったお互いの国同士が、近世において主従の関係で深く関わるような事態となった為、その精神的痛手は大きかった。これが、まさに大怨、特に精神的な大怨となったのである。大怨は、小手先の手段をもって、その怨を和らげたとしても、必ず残りの怨みがあとを引くものである。

国民性は、その依って立つ道徳や思想が、そもそも異なるものだから、どこまで行ってもすれ違いは起こる。人々は、先ず此の事をしっかりと認識しておく必要がある。そして、お互いに深く関わらないことである。更に加えて言えば、相手を害すると思えることを極力避けることである。後は世代の移り変わりを待つしか方法はない。自国の標準で相手が納得し得ないことは、長い歴史の中で習得した普遍的な知識でもある。**軍事も経済も、ほどほどのところで関わり合えるような施策を基本**と考えるべきだ。

日本人の魂

二〇一五年　四月

戦後七十年、日本国の発信する声明が、他国で話題となる。当の日本国は、真摯に物事を考えているのだが、受け取る側の国々は、それを快く受け止めないので、唖然としてしまうのが国民の感情だろう。

しかし、これは本来、評価の違いがあるのは自然のことなので、あまり気をもむ必要もない。

国民は自信をもって行動すればよい。

どんな言葉も、政治の世界では、国家や団体の利害の手段として、活用する思惑がからむものであり、このことは、情報社会になって、益々武器としての価値を高めるようになった。だから、よく見極めることが必要である。それと同時に、この欄で、何度か書いているが、その国の**民族の歴史観や価値観が異なるから、それを他へ強要しようとしても解決にはならない。**特に、韓国に対してはその点をしっかり認識して欲しい。

日本人が持つ心は、歴史的に二千年以上も前、中国文明から学んだものが多く、また、**民族固有の美意識が内在**しているものもある。このことは、もう百年以上前から日本の武士道として、世界に多く読まれ知られている。

最近の人々は、あまり勉強をせず本を読まない傾向があるのか、通信技術の進歩がもたらす影響で、心を掘り下げることが無くなったように見える。これは、現代の日本人自身も変化しているようである。本来、日本人の心の中には、喜怒哀楽を表面に出さない美徳が隠されている。その基をみれば、全て、これは、**相手を傷つけない配慮**からきているもので、世界には殆ど理解されていない。

例えば、慰安婦の問題で、像を建てるなど、日本人には、恥ずかしくて出来ない行為である。人前で騒いだり、大泣きしたり、ののしり合うことなど、自らを律し得ない心は美的感覚の欠如と見られる。日本では、敵対している相手でも、人道に背かない限り、その人格は尊重される。坊主憎けりゃ袈裟まで憎いという感覚にはならない。まして、**怨念で殺人を犯すテロリス**

トの石像を建てるなど、**最も低俗な行為**に思えるのである。人としての正しい行い、人の義の精神がなく、理不尽がまかり通るのでは、世界の乱れは直らない。

日本の美徳は、多くの世界の方に理解され難いもので、世界の大衆が批判するから、それは悪いことだと決めつけることは正しくない。**日本人の心の美徳は、二千年の歴史の中に生きている人道的愛、即ち仁であり、今後も誇るべき大切なものである。**これらの徳は、徳自体が世界に対して控え目な観念を内在しているから、一層理解され難いが、それでも、日本の美徳は、前世代には広く読まれ周知された。世界でもベストセラーとなった。日本の若い人は、そのことをよく理解し、せめて、本などでその本質を読み解いて欲しい。そして、世界とは必ずしも同じではない、**社会の善意を、自信をもって主張して欲しい。**

合従連衡《がっしょうれんこう》

二〇一六年　九月

現在のアジア情勢を見るに、国家の理念が本質的に異なる共産主義と民主主義が共存し、その中の中国という強大な共産主義社会が拡大しつつある。日本の首相は、中国の周りの小国群を援助して、**合従**を固めようとする。しかし中国は、カンボジアやミャンマーのような国に**連衡**を働きかける。構図をみれば、一目瞭然、歴史上何処にでも見られる戦略だ。だが、それをもう少し深く分析する必要がある。

国家はそれぞれ民族の問題をかかえている。単一民族の国家もあれば、複雑な支配構造をもつ多民族国家もある。日本は有史以来、その多くが単一民族だから、**長い歴史は民族内闘争の歴史**であり、その中に、人間の価値観や道義的社会が生まれた。しかし、**中国は、民族間の争い**で、統一しても民族は同じにならない。

民族というのは、そもそも**独自の人間観、価値観の違い**をもつから、国家観もその基礎の上にある。当然のことながら、その文化も社会の道義も違っている。他国家どうしは、理解はできないし、またその国家が左右されることもない。国家間には、統合などはなく、戦略による争いや協調の合意しかない。

日本民族内でごく普通に思われる考えが、他国に奇異に思われるのは自然なのだ。例えば、事実の認識はあくまで正しくなければならない。それを受け入れた上で反省して己の行動を考える。当たり前のようでも、他国では不利な事実は価値がないから事実という価値もないと考える。正しい事実だからいずれは皆が分かってくれると思う。だが、それは、他国ではあり得ない。それを認める人が居ないではないが、価値がないから捨てられる。

先の合従連衡に関わる小事になるが、現代でも、他国家のトップにある人物の挙動が、理念を無視して親密な行動が出来る。目先の価値観で行動をすぐに変えることが出来る。嘘も方便という考えが普通にある。

一つの戦略は、何でもありという行動だが、**日本人には節操がないという道義的感覚にさわる**。相手を困らせるためには、姑息な手段をも平気で用いて、相手が嫌がる国と協働すれば効果的と考える。効果があれば、その手段は正しいのだ。日本では、卑怯な者がやる戦法で、通常の人は恥ずかしくてやれない。**正々堂々という道義は**、日本社会にしかない。また、**正義は勝つという道義**も他国には通じない。正義ではない国が堂々と繁栄している。

合従連衡というのは、どんな時代にも効果的な戦略であり続ける。その内容、特に推進する国家の価値観は単純ではないから、くれぐれも**日本の価値観のみで戦略を行わないこと**だ。日本の常識は世界の常識ではなく、世界の非常識と思った方がよい。況んや、その内に日本が正しかったことが分かるなどという、価値観の押し付けは無駄だ。仮に正しいことが分かっても、その時点では、事実は既に別の価値観に変わるのである。

日本の道義としては残念なことだが、国際戦略としては、もっとタフにならざるを得ない。**日本の国際貢献は**、世界が心から評価していると思うのは少し違う。それぞれの国家にとって、利益がある為称賛されると考えるべきで、残念だが、他により多くの利益があれば、その道義的内容の良し悪しに拘らずその方が優先する。日本の能力を行使する時は、その裏をしっかりとることが肝要であり、その効果の効率を見極めることが必要だ。

歴史の見方　　二〇一六年　五月

社会に出ると、世界や日本の歴史を正しく知っているかどうかは、あらゆる場面で大きな実力差となる。漫画や小説の歴史ものを題材にした物語で、歴史上の人物や出来事を知っても、大抵は事実とは異なった脚色が多い。それを**歴史の事実と誤認**すれば、益々その人の知識の水準は疑われる。

歴史は、どんなに古い時代でも、**物証やそれに準ずる実証**がなければ、事実ではなく物語となる。これを混同する教育を信じてならないのだが、国家により教える側自体が、**歴史事実ではないものを歴史**として信じ、或いは故意に歪曲しているから注意を要する。

例えば、日本の歴史では、古事記、日本書紀以前の歴史は、実証出来ない物語になり、七世紀以降は確度の高い歴史となっている。海外の国家は、それよりずっと古い歴史的物証があるにも関わらず、真偽の追及による歴史が的確でないし、教育も不備と言わざるを得ない。特に**自由主義ではない国家は、近代や現代の事実や文書さえ疑わしい**。また、事実を遺す価値観も薄い。

日本は、律令国家の形成からの歴史は、統一された国家として、概ね正確な歴史事実が大切に保存されている。ところが、中国を始め、西洋各国の歴史は、日本より遥かに古い史実も、その歴史は、現在の国家の歴史ではなく、民族や国家の興亡の中に出来た事件だから、国家毎の民族や制度も異なるので、**歴史認識の一貫性はない**。つまり、現存の国家の歴史そのものが浅いので、歴史の重要性の意義が日本とは異なる。歴史の価値観も違ってくる。

言い換えれば、日本ほど歴史が長く、その史実をしっかり学べる国はないということだ。どの国にも歴史家はいるので、歴史の事実は把握されている。しかし、一般の人々には、正しい歴史の知識は知らされていないし、その価値観も少ない。歴史的価値の高い文化遺産の破壊行為が起こっても、何の不思議もないし、壊れた遺産を修復すべき動機も、日本人ほど強く持つ国民はいないのではないか。

歴史の知識は、何故価値が高いのか。それは先ず、国家の存在の価値が、その歴史に潜んでいることを認識することが第一であり、それが、国民の行動の基礎になっているからだ。更に、その歴史のなかに培われた人生観、即ち慣習、道徳などの人間性もある。また、その国家の保持については、多くの存亡に関る軋轢や犠牲の教訓や、行動倫理などの教訓がある。国家の先行きの災難なども、その中に、長期的視野を失わずに考える観念がある。逆に、歴史の認識が薄い国家は、現状だけの合理的裁量だけが重視され、結果的に、更に他との多くの軋轢を引き起こす。

日本国民は、一般的に己が正しいことをしていれば、その内に他から理解されるから、敢えて弁解など不要と思う人が多い。そして、社会の平和は一種の正義的過程が無ければ満足できない。平和理想論のようなものもその類だが、これらは殆ど価値観の違いから世界では無意味に近い。世界は個々の学者はともかく、大衆の殆どが理解出来るのは、統治者の力量のような頼れるものである。それで自己が満足出来る。だから、世界の多くの国家は、事実上の封建的独裁者が、過去現在を問わず延々と存在し、違和感もなく発展もするのである。民主主義を至上として学んだ日本国民には、どうにも理解出来ない価値観であり、そのことが、国家の政策に影響を及ぼしている。

沖縄の心　二〇一七年　八月

私は沖縄人ではないから、沖縄の心が分かる訳ではない。過去に四度ほど訪れたことがあるだけで、行って数日滞在して歩き回った。周りの島では、石垣島、宮古島、久米島などの海岸を歩き、現地の方々とお話をした。特に宮古島の滞在では、ゆっくりと自然に触れることが出来た。そこには、本土から移住した方々も多い。

沖縄の日本の国としての位置づけは複雑だ。もともと歴史的には王国があり、日本と中国のはざまで被害を受けた時代もある。近代では日本国として国境の重要な位置にあるという特殊性のため、米軍の駐留など煩わしい問題がある。ただ、日本国としては、最南端の温暖な位置にあり、沖縄の方々の心にそぐわないかも知れないが、大リゾート地としての価値は高い。観光開発がそれほど進んでいないのが不思議なほどだ。だが、気持ちとしては、穏やかな自然のままで豊かな環境であって欲しいと思う。

そのような沖縄だから、中国も何とか支配を強めたいと画策する。中国は、歴史的に沖縄や朝鮮に朝貢貿易を望んでいた。それは今でも基本は同じだろう。日本国家が邪魔なのかも知れない。**親中国の画策**も行われているようだ。日本の支配下になって沖縄は大きな被害を受けたという話を聞く。中国の本音は、沖縄は地政学的には、**中国の太平洋艦隊の玄関口に位置する重要な島だ**。小さな尖閣諸島でも、大勢で支配下に置こうとする試みは止まない。尖閣どころか沖縄の全島がターゲットなのだろう。ここに南シナ海と同じような海軍の軍事基地を設けたいのだ。

韓国の問題については、日本は**民主主義と社会道徳の価値観を守るため韓国に干渉した**。良かれと思ったが、これが間違いだったのだろう。韓国のことは、韓国人の思いのままでよかったのではなかったか。日本が干渉しなければ、中国やロシアは干渉するが、歴史は収まるところに収まる。日本はそれを見てしっかり対応すべきだった。

だが沖縄は違う。日本と深く関わり、同じ民族として暮らしてきた。**沖縄の歴史を大事にしながら、沖縄の心に反しないことが大事だと思う**。中国との歴史もあるが、今の中国共産主義は支配層に豊かで、四川省の奥の地方に行けば分かるが、まるで**日本の戦後のようにみじめな生活だ**。民族の価値観も辺境では憐れにも蝕まれて、共産主義の価値観が強要される。こんなことを沖縄にさせてはならない。古くから沖縄に住まわれる方々は、日本は民主主義なのだから、国の政治に、これからも大きく関わって、沖縄の社会を良くする活動を行うことが大事だと思う。沖縄出身の政治家には、日本政府に対する意見ばかりではなく、**日本の中枢で活躍されることを期待している**。

歴史学問の重要性

二〇一七年　十一月

八十年になろうかという人生を過ごしてきて、自分の判断に最も役立った知識は何かと考えてみた。私は大学では理系を学んだ。実業の社会に出て最も機能した知識はと問われると、日本史であり世界史である。言い方を変えれば**現代の流れを観る歴史的評価**になる。特に歴史の哲学や道徳の変遷、民族の宗教や価値観なども重要な知識だ。

学生時代に歴史を勉強するのは中学時代である。私が本格的に歴史を学んだのは高校時代であり、日本史、世界史を勉強した。国立大学の受験科目に歴史を選択したので、その学習には力を入れた。理系だから、大学以降は歴史の教育を受けていないが、高校時代の知識が基礎になり、その後社会に出てからも、読書により知識を深める習慣になった。学生時代の当時の教育では、現代の歴史を教えなかったから、その辺の知識は特に読書によるものだ。

たまたま早世した父の文庫の中に、歴史の大作本があったことも幸いだった。また、国内や海外への旅行は、我々の時代は、今のように頻繁に出来る時代ではなかったから、とくに旅行の機会があれば、歴史にまつわる名所を訪れるよう心がけていた。例えば、米国の南北戦争の史跡などは、一日かけて歩き回ったこともある。

世界の中でも最も長い歴史を持ち、国の歴史を一貫して大事にし続ける国家は日本の他には知らない。年代が古い文化を持つ地域はあるが、その中の民族による国家は盛衰があり殆ど滅んでいる。従って、現在の国家の歴史は浅く、国家存立のための歴史の歪曲も多い。同民族が政権や制度を変えていく過程を持つ国家ではなく、前国家を滅ぼし新たに誕生する国家だからだ。子供の教育自体も事実認識を欠いている。世界の中で多くの国家の価値観を正しく理解し、国内で社会や公共の認識が高いレベルで判断出来るのは、国民の持つ正しい歴史認識だ。これは、身近な社会の中で生きる。少なくとも人の上に立つなら、歴史認識の習得次第で物事の対応に大きな差が出てくる。

最近の日本の教育で、歴史の教育を軽視するような傾向があるやに聞いている。歴史教育に対する子供の負荷を軽減しようとする。**教育の浅知恵だ。****歴史を現在の価値観で捉えてはならない。**歴史は、年代と共に、その時代の価値観がある。それを大局的に捉えることが大事だ。大変残念なことだが、恐らく歴史教育が、直接的に社会や企業活動に寄与しないと思われている。しかし、歴史は人の行動の基礎の部分に浸透する大事な素養であることを見過ごしている。**大きな仕事の成否は、人の持つ価値観を正しく認識することが第一歩**であり、その判断の基礎に正しい歴史認識がある。賢者は歴史に学ぶと言った人の言葉を思い出して欲しい。

虐殺の歴史と習性

二〇一八年　二月

中国の南京大虐殺事件が、事実ではないプロパガンダであることは、かなり明確だ。明らかに中国が日本を陥れる嘘なのだ。虐殺事件というからには、戦争の非戦闘員を無差別に殺害したことになる。日本の長い歴史の中では、虐殺のない日本固有の道徳があり、国際条約とは無関係に虐殺行為は忌避される。日本人の戦いにおける美学だ。

日本の歴史の中で、虐殺と言われる歴史の事実を振り返れば、中世、信長時代の比叡山焼き討ち、江戸時代初期の島原の乱が思い起こせる。いずれも戦闘の中に、戦闘員と同居する非戦闘員の家族が含まれたため、殺害規模が一万人規模となったと言われる記録がある。外国からの虐殺では、中世に中国からの元寇がある。対島の住民が虐殺された。最も大きい非戦闘員市民の無差別虐殺では、米国マッカーサーの広島、長崎の原爆、及び東京を始めとする多くの大都市の空爆殲滅作戦だ。

　大東亜戦争勃発当時の日本軍は、世界でも統制のよくとれた先進国の軍隊であり、国際条約の順守を熟知していた。それは明治時代に起こった戦争を見ても分かる。**大東亜戦争は、欧米各国の植民地支配者への戦いと、それを支持**する現地政府との戦いだった。非戦闘の市民に危害を加える行動は注意深く禁止されていた。まして、南京攻略は、殆ど戦闘は行われず開城された。

　大虐殺の話は幼稚な嘘であり、当時の南京には世界のマスコミもいた。虐殺事実を裏づけるものは何もない。三十万人というのは、日本の常識では考えも及ばない膨大な数の規模だ。その処置だけでも大がかりだ。何故このような大嘘が、国家で語られるのか。**それは語る国家の習性がそこにある**からだ。これは、日本の歴史では、経験のないことで、仮に日本が嘘を言うにも、このような規模の話は及びもつかない。だが、**大陸での戦争は、民族闘争ばかりで、この程度の虐殺の規模の話はごく普通**のことなのだ。民族の支配をめぐる闘争は、相手の民族を殲滅し敵をこの世から消し去ることだ。だから、虐殺の規模は、二けたも大きな**百万から千万単位の虐殺**が行われたのだ。

　前世紀の出来事を見ても、例えば毛沢東の文化革命、ヒトラーのユダヤ人抹殺、スターリンのモンゴル粛清、金日成の部族粛清、韓国初代大統領李承晩の保導連盟事件、その他カンボジアのポルポトなど、桁違いの虐殺がある。

日本は民族排斥の闘争は行わない。民族は常に共存なのだ。**人種や民族を尊重する。**朝鮮の併合も、台湾のことも、その実態を事実に基づいて正しく調査すれば**世界でいう植民地支配とは少し違うことが分かる筈だ。**

日本人自身も、日本国家の道徳のあり方の違いをしっかり認識して、他国からの誹謗には積極的な対応をやらなければ、いつの間にか嘘が本当になってしまう。日本には、いずれ正しいものが勝ち、真実が判明するものと考える。だが、他国は嘘を有効にするためのあらゆる手段を駆使して、嘘を糊塗してしまうのだ。

最近では、ある韓国の著名な学者が、**慰安婦の嘘**が判明した後でも、その事の真偽はもう問題ではないと話題の本質をすり変え、問題を拡大し続ける、あの習性をよく見れば分かる。日本人には理解出来ない挙動だ。

（付）

叙情を嗜む人生は面白い

詩人　石垣りん

二〇〇五年　三月

先日、詩人の石垣りんさんが亡くなられた。私の好きな詩人の一人だった。大正生まれの詩人だが、その詩は、今でも生き生きとしている。

「女」

それでもまだ信じていた。
戦いが終わったあとも。
役所を
公団を
銀行を
私たちの国を。

あくどい家主でも
高利貸でも
詐欺師でも
ない。
おおやけ
というひとつの人格を。

今は、この詩のタイトルを政治家とするのか、半官企業の役員というのか。

3年B組金八先生の詩

二〇〇五年　三月

現役の当時は、仕事の都合で、見ることが出来なかった番組を、見る機会が増えた。小山内美江子さんの脚本による金八先生は、ドラマとしての面白さだけではなく、教育のあるべき姿は何かを考えさせられる。成長する子供らの、社会不安を目にして、どうして、二十年前から、このことが議論されなかったのだろうと、今更ながら思い巡る。
また一つの詩の話をすることになるが、我々が、詩を勉強するのは、国語の時間で、それなりの知識にはなる。このドラマでは、子供達の葛藤の中にあり、先生は、的確な場面に遭遇して、詩を朗読する。心に、その詩がしっかりと植え付けられる。多くの方は、習われて、ご存知の茨木のり子さんの詩である。

「自分の感受性くらい」

ぱさぱさに乾いてゆく心を
ひとのせいにはするな
みずから水やりを怠っておいて

気難しくなってきたのを
友人のせいにはするな
しなやかさを失ったのはどちらなのか

苛立つのを
近親のせいにはするな
なにもかも下手だったのはわたくし

初心消えかかるのを
暮しのせいにはするな
そもそもが　ひよわな志にすぎなかった

駄目なことの一切を
時代のせいにはするな
わずかに光る尊厳の放棄

自分の感受性くらい
自分で守れ
ばかものよ

茨木のり子詩人の死

二〇〇六年　三月

昨年の石垣りんさんの死に続いて、今年の二月また偉大な詩人を亡くしてしまった。孤独の死だったようだ。

茨木のり子さんの詩については、前にも金八先生のことで、「自分の感受性くらい」という詩を紹介したが、

その他にも、「わたしが一番きれいだったとき」など、鋭い感覚の詩が心に残る。

この二人の女流詩人には、現代詩の中には、見いだせない何かがあり、再び読むことが出来なくなることは、残念でならない。特に、人間社会の、根幹にかかわる教育が、崩壊していく現代に、明治は古いと言ってはいられないことを、思い起こしてくれた詩だった。

峨眉山

二〇〇六年　四月

峨眉山といえば、漢詩に興味のない方にも知られている、中国の名山の一つである。会社に入社した二十歳代の頃、詩吟部で覚えた李白の漢詩、「峨眉山月」は、好きな詩の一つになっていた。一昨年、友人の誘いで、中国へ行く機会があり、この漢詩を訪ねる旅をした。

標高三千メートル級の山は、夏でも山頂は寒く、金頂は霧の中だった。前日、下から見上げた山は、素晴らしくよく見えたのだが、夏ではなかなかないことだという。まさに、神秘的な

山の印象だった。

李白が旅に出たという**清渓の地**を求めて、小舟で川をさかのぼる。清渓という地名は、今でも残っているが、そこから川を下っても、峨眉山の月は見えないそうだ。**平光江**という川が、どこかということ自体があやしいのである。今は、**板橋**という村落があるが、そこが清渓らしい。ここから、**長江**に向かって下れば「峨眉山月」を眺めることが出来る。いずれにしても、中国の歴史は、しっかりと検証されていないケースが多く、遺跡などは、地元で勝手につくっているのが、いたる所にあるようなので注意を要する。

文化は、その起源をしっかり把握して、その真価がわかる。**中国は日本文化の起源**でもあり、中国の人々にはその大切さを把握して欲しい。

寿命は短くなる

二〇〇六年　九月

私は、無宗教だが、ずっと以前に聞いた寿命とローソクの話は面白い。生き物は皆、生まれた時から一本のローソクをもらう。その火が消える時が寿命である。皆、同じ長さのローソクをもらうのだが、特別に長いものはなく、不幸にして、短いものをもらうこともある。従って、人は、神代の昔から寿命を伸ばすことは出来ない。ただこの話には、ローソクの火の大きさや、勢いなどがあったかどうかの記憶はない。ローソクを取り替えることは出来ないが、火の勢いをどうするかは自由に出来る、と言えばこの話は深みがでてくる。つまり、細く長く生きるのか、太く短く生きるのかということである。太く長く生きればよいがそうはいかないものなのだ。

今の若い世代は、温暖な環境と、豊富な食料の中で成長を早め、三十歳を過ぎると、老化現象を起こす。しかし、知識や社会性は追いつかず、幼稚なままに、子孫の育成もままならなくなったのではないか。

老齢化社会と言われるが、九十歳を越えて生きている方々の若い時代は、極めて環境に厳しい時代だった。苦難を余儀なくされ、細々と生き永らえた世代の背景は、せいぜい団塊の世代までである。平均寿命が伸びてきたのは当然かもしれない。だが、先行きもそうなるかは疑問だ。

先日、昨年出版された、**新谷弘実**氏の『**病気にならない生き方**』を読んだ。世界的に高名で、実績を持つ医者の著書で、かなりの方が読まれているようだ。その記述には、**米国の食事や、マスコミで囃される栄養学だけの食事は、問題であることが、論理的に記されている**。心すべき事柄のようだ。いずれにしろ、人生の生き方は、**時間ではなく、精神的な充実感**であり、燃える火を制御するのは、自分であることを再認識した。

九月九日は重陽の節句であり、忘れかけた漢文化とともに、思いを新たに記した。

三好達治の詩　　二〇〇七年　十二月

小学校の餓鬼の頃の友人達三十名ほどと、毎年九州一帯の旅行を始めて十周年をむかえる。

お礼に、何か皆さんに役立つことをしたいと思い、記念写真集を手がけた。

その中で阿蘇の風景をみながら、ふと脳裏の片隅に三好達治の「大阿蘇」が浮かんだ。〝雨は蕭々と降っている　馬は草を食べている〟という雄大な詩である。教科書の題材にも用いられている。この詩は達治が三十九歳の時のものである。その中に、**〝もしも百年が　この一瞬の間にたったとしても　何の不思議もないだろう・・・〟**とある。

私は、七十歳に手が届きそうな人生を過ごしてきて、やっと気がついたことがある。人は生きている間に、多くの感動の場面を体験しているが、それが、自然の中で、何年経とうとも、大きな時間や空間の中で、じっと変わらぬまま存在し、人がそれに触れることは、ほんの一瞬に過ぎない。そしてそのことは、記憶の奥深く内蔵されたままになってしまうのである。三好達治のような自然詩人は、若い時に既に人生の多くが見えていたのだろう。

人生の長い短いは、時間ではなく、その人の、人生に対するインパクトであることがよく分かる。昔の人は、よく旅に出た。昨今のように、お金をかけて、そそくさと観光をするようなことではなく、より心の旅と言うか、自然や人との交わりを求めて歩き、滞在し、時間をかけ行脚するのである。これは、むしろ、**己の心の中に残りつづける感動を求めることなのだろうと思う。**しかしそれも体力の衰えと共に、体内から消え失せ、死期に至る。死期を向かえた方々が、死ぬ時は畳の上で、と言うことをよく聞く。病院の方が、物理的にはるかに条件がよいのに、わざわざ畳の方を志向するのは、最後に残ったふれあい場面の二者択一を意味する。無意識の中でも、自然に帰りたいささやかなる心の動きとは言えないだろうか。

文語体を見直そう

二〇〇八年　八月

文語体といえば、古臭いなどと嫌われるかも知れない。今の教育では、古語として古典を読む程度には取り入れられていると思うが、近世の文学の中での教育は、その価値をどれほど理解されているだろうか。

日本では文化として、**読み言葉と書き言葉の用い方**が区別され、その中から表現の文学が発展してきた。俳句、和歌や詩などは、その究極にあり、今でもその人気は高い。文語体の良さは、簡潔な言葉の中に、多くの深い意味合いを湛えていることにある。例えば歌の文句で、文語体では「過ぎにし昔に変らねど・・」と表現されるものを、口語体では「過ぎてしまった昔と変わらないけれども・・」と、何か言い訳をしているような表現になる。特に、短い語句の中での表現では、文語体の方がはるかに深みがありリズム感さえ出てくる。**古いものを嫌うのではなく、理解して多くの創作をされる世代があってもいいのではないかと思う。**

安野光雅著の『**青春の文語体**』という本が出されているが興味深い。文語体を用いて、文学の黄金時代を築いたのは、彼らが殆ど二十代、三十代だったという。

小板橋

二〇〇八年　十月

詩人**石上露子**さんの詩に、「**わが小板橋**」がある。橋と流れの中に、淡い恋の想いを書いたものである。

私が子供の頃に住んでいたところは、周りに多くの堀があり、水路をめぐらした田園風景の中だった。

橋とは言えないような、丸太や板橋が点在し、細い川の上には小板橋もあった。今の世代では、このような橋にまつわる情感は、理解し難いだろうし、詩の良さが、実感出来ないだろうと思う。

当時は、世間が狭く、交通網も発達していない閉鎖的な環境であり、区割りは川が境界となることが多く、情報も限られていた。そのことは、少しも不幸ではなく、自我の目覚めと共に、外部や、未来に対する、限りないあこがれとなり、想いを膨らませたものである。橋はその中でも、渡って、次の世界へ脱皮する想いと、住み慣れた古い郷愁が入り混じる象徴的な場所だったのである。河や海の向こうは、限りない希望と、不安を持った世界だった。ある意味では、未知に対する生きがいだったのかも知れない。

詩人、**高橋敏子**さんの「**橋**」にも、少女の想いが書かれている。また、**石原裕次郎**の歌に「**あの橋を渡ろう**」というのがあるが、これも男女の憧れとして心を打つ。

心に残る詩としての文学は、人生の生き様と直結しているから、私の世代は、このような詩を評価するが、これからの世代は、どんな詩を評価するのだろうか。

文化としての漢詩

二〇〇九年　五月

日本の歴史に登場する人物像をみるには、その人の漢詩を読めば極めて分かり易い。漢詩はごく短い言葉の中に、その人なりの感情、性格や学問や、人生の哲学などが濃縮されて表現されている。その人の、全てが分かるわけではないが、歴史の流れの中で、その人物が最も力を入れた生きがいそのものが、大抵は漢詩の中に表現されている。

日本の二千年の歴史の中で、漢詩は、文学者のみならず、政治家、武将、宗教家など、殆どの有力な人物に残されている。それは菅原道真の時代から、近代の明治、大正の指導者に至るまで脈々と流れている。今の為政者に、漢詩を残す力量があるかどうかは知らないが、残されていなければ、この文化が途絶え終止符を打ったのは、戦後のつい三、四十年のことになる。中国での歴史は更に長く、三千年もの長い時代の中心になる文化として、時代を紐解く重要な資料になっている。近代では、毛沢東も漢詩を残している。政治官僚になるには、漢詩は、重要な素養の一つでもあった。ただ、今の中国も日本と同様、歴史的文化をないがしろにするような、現代の思想があるのかも知れない。多分、文化革命の頃から、その変化がみられるのではなかろうか。

いずれにしても、歴史的文化の価値観が、変化していく重大な事態が、今ここに来ていることを、多くの人々は認識されているだろうか。特に現代の、世界的な相互の影響力が、加速度

的に変化する時代にあっては、良いものと、悪いものの価値観が複雑で判断を誤らせる。国家の教育者は、そのことを認識し、理念をしっかり持つことが重要であり、責任がある。

天寿ということ

二〇一〇年　六月

人は、生まれたからには必ず死ぬ。死ななければならないことが分っているから、誰もが死を恐れる。老年期になれば、死期は近づくので、より一層の恐れが増す。だから、宗教などに頼りたくなる。だが、最近、私は、そうではなく、本当に老齢化が進み、いわゆる天寿を全う**したと言われる方々は、死の恐れが、全くと言っていいほどないのではないかと思うようになった。**

昨年、私は、九十七歳になろうかという母親の死に直面した。十年あまり身近に母親と付き合い、母親の老化をみてきた。最初は、親孝行の積りで温泉旅行をしたりして、楽しいことを沢山させようと思ったが、実は、それは母親の人生というより、自分の人生の押し付けではなかったかと思うようになった。個人差はあるが、高齢化すれば、その人の老化に合った生き方を、そっと支えてあげる程度にすべきではなかったかと思う。

中学生の頃だったと思うが、教科書の中にこんな絵があった。昔の樽は、板を何枚も組合せ、たがで締め、それによって内容物が保たれる。どの一枚の板が寸足らずであっても、内容物は減るし、また、一枚でも腐って機能しなくなれば、樽ではなくなってしまう。天寿というのは、まさにこのことであり、老化というのは、一枚が腐るのではなく、各板が一様に、少しづつすこしづつ、磨耗してゆくのである。

母親の最後の三年程は、体のどこが悪いというのではなく、大腿骨折が右から次は左へ、腰椎も骨折、筋肉の衰えから、内蔵は、胆道の結石や腎臓機能低下、低血圧、更には、脳の記憶力低下、神経の衰えから、痛みを感じる機能も落ちていった。最後の一年は、現実と夢の世界が一緒になり、親族や、知人に対する思いや、感情も無くなり、ずっと昔の子供時代に居ることが多くなってきた。痛さ苦しさをあまり感じないのか、静かに寝る時間が多く、テレビも見なくなった。死を考える力も無くなるのだから、これが天寿なのだろうと思う。

人が体に持っている機能は、どれ一つ壊すことなく、どの機能も、擦り切れるまで、大切に使いきるのが、天に報いることではないだろうか。

二〇一〇年　六月

極楽浄土の本質

私は、宗教家ではないので、仏教の地獄極楽を云々する積りはないが、人の死後にこのような思想が何故あるのだろうと多少興味を持ったことがある。人々の心は弱いもので、特に死にまつわることになると、何かに心を癒されることが必要になり、宗教の価値があるのは理解できる。だが中国の楽山の洞窟のような地獄を描くまで、想像と創造を行うには、自然科学を学んだ私には、その起因が気になるのである。

子供の頃の躾として、祖母から言われたことは、「悪いことをすれば、地獄で閻魔さんに舌を抜かれる。」とか、「針のムシロに座らされる。」など、子供心に多少でも恐怖を覚えたことがあった。**これは因果応報のことを言っているのだが**、それは万能の神や仏を信じないから、どうもしっくりとはこない。

この答として、私は一つの仮想をしてみた。他愛のない話なので老人のつぶやきとでも思ってもらえばよい。

人は夢をみる。その夢の本質だが、現時点の思考中のものが夢になることは少ない。若い時であれば、考えに考え抜いた問題の解が、夢に出てくることは稀にはあるが、大抵は、ずっと前に体験した事実に関わったものが多い。更には、体験の何に関わっていることすら定かでない奇妙な夢さえある。

母親の老後に接している内に、これはきっと人間の脳の構造によるものだろうと思えた。夢で見るように、意識が無くなると、脳の無意識の部分の記憶が蘇える。若い時は、それが睡眠時間帯にしかないのが、老人になると、記憶脳が退化するので、**極めて、夢の世界が至近になるのである。**

丁度、パソコンのメモリー容量が足りなくなると、操作の制御が出来なくなるのと同じであり、それにも関らず、**ディスクに、一度蓄えられた記憶は残っているから、情報が交錯してしまうのである。**

問題は、人により**それぞれの脳の深部に記憶されているものが何かということだ。脳の深部**

に記憶されるものは、人の過去の体験の強さ次第であり、大変良い事をした感動なのか、大変悪いことをしていた体験か、危険な目に合う恐怖なのかによって大きな違いを生じる。老後でも何でも、人々が死期に近づき、意識に変調を来す時に、**夢の中の体験に附属する、情感模様に取り込まれてゆく。**

人生は、感動出来るほどの良いことを沢山やり、悪いことをやらないことが、極楽浄土を夢みる境目なのである。と言っても、私らの年齢では、もう手遅れになっていて、それを入れ替えることは不可能だが。

六十歳代の人生

二〇一一年　二月

私は、本年一月末で、年齢の第六巡を終り、これから第七巡目に入る。六十歳から七十二歳までの十二年間は、私なりにベストだったのではないかと思っている。六十歳まで、社会に尽すべく、ビジネス環境に居る時は、それなりに、精神的には充実したものがあり精力的に動いたものだった。だが、体力に変化を感じた時に、人生でやり残したものが次々と浮かんできて、六十歳からは自分を変えなければならないという思いだった。六十歳からの、この十二年間は、これらの思いを一つひとつ実現してゆく充実感があった。

人の一生は短い。**その時、その歳でなければ出来ないことは沢山ある。それをやれる機会は、たった一度しかない。**いずれ、身の周りから、次々と全ての物事が消えてゆくのであり、消え尽す時に人生の終りが来る。

以前に五木寛之著の『林住期』のことを書いたが、今まさに私は林住期を終えたのであり、これからの残りの人生は、おまけのようなものだろう。この年代になると何時終りが来てもおかしくはない。ついこの間も、全く健康な大切な友人が、突然亡くなることがあり、重大な病気になり自由がきかなくなった方もいる。

日本の歴史をつくった人々の生涯をみていると、面白いことに気が付いた。平均寿命が、現在と異なるとは言われているが、歴史に登場する人物は、事故死などが多いから、そういう人達を外してみれば、**人物なりの、ストレスが影響しているようにみえる。**

古く平安時代で、藤原道長六十一歳、菅原道真が五十九歳、戦国武将の上杉謙信四十八歳、武田信玄五十二歳、中世の禅宗の僧では、道元は五十三歳と短いが、栄西七十四歳、絶海六十九歳、円旨七十歳、宗教家は概して長寿で、空海六十一歳、一休八十七歳、希世八十五歳、良寛七十三歳などである。徳川安定期に入れば、為政者でも著名なところで、秀吉六十一歳、家康七十三歳、光圀七十三歳、綱吉六十三歳、吉宗六十七歳、慶喜七十五歳となっている。明治から昭和にかけては、永いのは、山縣有朋八十四歳、吉田茂七十九歳、徳富蘇峰九十四歳、福沢諭吉は六十七歳と若干短い方である。要は、老衰以外は病死だから、**その人の気質や人生観などのストレスが関るのは当然なのだろう。**さてそうであれば、おまけとは言え、私のこれからの十二年間は、どのように生きればよいのか。いずれ体の自由は、更に制限され、周りとの関係も、疎遠にならざるを得なくなるから、己の内面の充実感を、より一層深めるべきであることは間違いない。それは、自分にとっては何なのだろうと改めて考えている。

女流漢詩人

二〇一二年　二月

漢詩に関する日本の文化は、その殆どが男社会の中にある。それは、**漢字**の導入の早い時期に、日本の話し言葉を表現するに便利な、**かな文字**が開発され、表社会に出る機会の少ない女性に、用いられるようになったからである。一方、男の社会では、政治、文化、医療など全て海外大陸との関連が深く、漢字の知識が、必要欠くべからざるものだった。

しかし、女性による漢詩の文化が、なかったわけではない。現存する女性による漢詩として、古いものは、嵯峨天皇の宮女の、**姫大伴氏**や、嵯峨天皇の第八皇女、**有智子内親王**のものがある。平安朝時代は、かな文字文化が栄えたが、**清少納言**が、漢詩を読んでいたことは周知のことである。かな文字の文化では、特に、和歌が栄え、女性らしい情感が多く詠まれているが、漢詩は、女性に敬遠されたかと言えば、必ずしもそうではない。漢詩は、男性社会の文化の中で発展したため、女性が、この文化に接する機会が、著しく少なくなり、女性による漢詩が残されていないのだろう。

江戸時代、漢詩人が、多出した時代になれば、この詩人達と交流する女流詩人が登場する。著名な詩人、頼山陽との悲恋に終った**江馬細香**、広瀬淡窓の恩師、亀井昭陽の娘、**亀井少琴**などには多くの漢詩が残されており、女性でなければ詠めない情感があり、また妖艶さをにじませる。現代での価値観で、次の漢詩文化をどう評価出来るのだろうか。特に女流漢詩人の存在価値を、どう評価するのだろうか。

夏夜　江馬細香

雨晴れて　庭上《ていじょう》　竹風《ちくふう》多し
新月　眉の如く　繊影《せんえい》斜めなり
深夜　涼を貪《むさぼ》りて　窓掩《おお》わず
暗香《あんこう》　枕《まくら》に和す　合歓《ごうかん》の花

無題　亀井少琴

九州第一の梅
今夜　君が為に開く
花の真意を知らんと欲すれば
三更に月を踏みて来たれ

女流漢詩人　その2

二〇二二年　二月

江戸時代に入ると、儒学が盛んになり全国に私塾も増えた。子女の教育の機会も増したことにより、女流漢詩人による漢詩も多く見られる。先の江馬細香と共に、並び称される詩人に**梁川紅蘭**、**原采蘋《さいひん》**がいる。俳人として、加賀千代女と双璧をなす**一字庵菊舎**も漢詩人として著名だ。儒学者太田錦城の娘の**太田蘭香**も漢詩を残している。梁川紅蘭は、美濃に生まれ、梁川星巖の妻となる。儒学者として、幕末の志士との交流が深く、安政の大獄で一時投獄されたが、私塾で、多くの子女の教育を行った。原采蘋は、筑前秋月藩（福岡県）の生まれで、生涯独身であるが、各地を旅するために男装、帯刀をした異色の詩人である。活動的な女性像もまた髣髴とさせられる作である。
中国には八世紀、唐の時代に、薛濤《せつとう》という美人の女流漢詩人がいた。今も成都の望江楼公園に、その大きな像があり、多くの観光客が訪れる。詩人が、詩によく詠んだ楼閣、竹、井戸、蓮池などが周りに見られ、漢詩文化を思い起こす。日本の女流詩人にも、このような記念の地があれば、後世の人々に、改めて漢詩文化の良さを思い起こす動機となるのではないかと思っている。

頼杏坪との出会い　　原采蘋

水煙漠漠《すいえんばくばく》として望めども分ち難し
月は　只《ただ》　闞山笛裏《かんざんてきり》に聞くのみ
吾に剪刀《せんとう》有り　磨けども未だ試さず
君が為に一割《いっかつ》せん　雨餘《うよ》の雲

二〇一三年　十二月

七難八苦を与えたまえ

「願わくば、我に七難八苦を与えたまえ」という言葉は、山中鹿之介が、己を鞭打つために吐いた言葉と言われている。これは、戦前の教科書にあったというが、私も中学の頃、小説に夢中になり読んだことがある。

昭和三十年以降、経済復興の時期に入り、高度成長を達成した頃から、いつしか、このような言葉は、死語の部類となってしまった。人々は、逆境を避け、楽をすることをよしとする考えになり、**逆境を極度に嫌う**ようになってしまった。即ち、負けじ魂のあり方の基本が変質したのである。しかし、日本の歴史をよく見れば、逆境の中に、優れた人材は多く出現し、社会は著しく好転し、高いレベルになるが、それが続くと、怠惰な人々の中に、認識の誤りが蔓延し没落する。

今の日本の社会は、堕落の中にあることは間違いない。実力以上のものを享受したことにより、社会の自力による編成が、全く出来なくなってしまった。少しでも、自分にとって、困るものは拒否し、身の周りだけの、近視的利益を追求するのが正しいと思うようになった。自分が、より大きな、将来に亘る幸せを作りだす役割を、持たされていることを認識しなくなった。

逆境を拒否するのを、悪いとはいわないが、表には裏があるように、逆境には、それがもたらす厳しさの中に、未来の知恵が必ずある。それを、深く読み解き、改革し、創造することが大切である。もう一昔前の経営者で、今でもまだ実力を示している**稲盛和夫氏**は、「**安易な道は大抵の場合、ゴールへ導いてくれない**」と言ったそうだ。

今の日本は、多くの問題をかかえている。財政悪化をはじめ、工業の空洞化、農業の衰退、社会保障、災害、原発事故、領土問題と防衛、ＴＰＰ世界貿易など厳しい逆境の中にある。私は、日本の人々に、素直に逆境を受け入れ、しっかりした判断のもとに、勇気をもって向かう精神を期待したい。

夜空　二〇一六年　七月

作家の曽野綾子さんが、「金持ちより、思い出持ち」と言っている。それは、金持ちの人の言うことだろうと思う人が多いだろうが、それは全く違う。曽野さんは、私より少し年上だが、同様に戦後の社会に生きてきた人であり、最低の生活水準を体験した方だから、今の人々が言う生活レベルとは違う。また、アフリカなどの貧困な国々での経験も豊富だから、最低限の生き方だって出来るし、生きる知識も豊富だ。だから、このような方の発言は、人々の人生に大きな重みがある。

今の五十歳代以下の世代は、飢餓の実態を経験しないから、貧困に対する不安が強く、財の蓄えを求める。しかし、歳老いて真に豊かなのは、物理的なことより精神の豊かさだということが分かる。財を求めれば、際限がなくなり、どこまで行っても不満足は消えない。満足は、心の中の水準だから、どんな人でも豊かになれるのである。歴史上でも、辺境で充実した老後を過ごした有名人は多い。

思い出持ちというのは、人生の若い頃に多くの人々と付き合い、その出会いの中から心の思い出を沢山持つことであり、また、自然の中に過ごし、自然の偉大さを知ることで思い出が体に蓄えられることだ。従って、老後は、それらの思い出の豊かさの中に過ごすことが出来る。

ところが、今の世代にとって不幸なことは、人と人の繋がりが極めて薄弱になったことと、社会の高度化により、自然に触れる機会が、著しく減少してしまったことだ。若し私に、最も心に残る自然との触れ合いを一つあげよと言えば、私は、それは**夜空**だと言う。

夜空については、この欄に以前にも書いたことがある。それは、今の世代がもう絶対に日常では経験できない程に失ってしまったものだ。

高村光太郎の『**智恵子抄**』に、「智恵子は東京に空が無いといふ」という句で始まる詩があるが、今はまさに、日本に空が無い。

例えば、「こよなく晴れた青空を、哀しと思うせつなさよ」という歌があるが、この青空のイメージが違う。青空が、こよなく晴れると暗くなることを経験されただろうか。空が、本当にこよなく晴れれば、もはや宇宙の奥深くまで暗くなる。今は、このような現象には、なかなかお目にかかれない。夜になれば、どんなに晴れていても、冬でも夜空はない。

登山家の方は、山で経験されるので、どんな夜空かお分かりだが、今の子供達は、殆ど見たことのない夜空だ。星は無数に山の端から全面に広がる。天の川は、その岸辺の変化に富んだ模様線が、くっきりと見える。子供の頃は、冬は勿論のこと、夏でも毎晩のように庭先で眺めることができた。空を眺めていれば、自然と人生の深みが、あらゆる心の豊かさとなって深まってゆくのだ。残念だが、今は人を恐れて街灯は際限なく増え、空気層への乱反射で空は見えない。また、天空は、中国の放つ微細粒子が、年間を通して切れ目なく空を覆う。宇宙から見れば、日本は光の乱反射に包まれた、闇夜も失った環境になっている。

文章や詩歌は、その文字の伝える美しさが潜んでいるが、**己にその心の豊かさが無ければ、**この良さを感じることも、理解も出来ない。日本文学は、その奥深い価値を、今後とも維持出来ず失われてゆくのだろうか。

嘘に対する嫌悪感　二〇一八年　四月

人の人格を観る場合、基本的で最も分かり易い観点は、その人に、**嘘に対する嫌悪感が備わっているかどうか**だろう。「嘘つきは泥棒の始まり」と、子供の教育の基本として教えられる。人が成長して持っている道徳として、人格の基礎の部分になる。

ところが、子供の教育の二つの基本になる道徳と知識の内、戦後の教育では、道徳の部分が抜け落ちてしまった。それでも、親や近隣の人達による周りからの教えがあった時代まではよかった。だが次の世代では、それすら無くなってしまった。

日本が戦争をしたのは悪い人間だからだというＧＨＱの宣伝が浸透してしまったのだ。多くの人々は、そのことが間違いであることを認識していたが、肝心の教育界は必ずしもそうではなかった。しかし、結果的に日本人を、人格という点で評価すれば、まだまだ他国水準よりましだと思う。

世界の国々のあり方や、その国の統率者の主張などを聞いていると、**その国の社会のあり方の欠陥**がよく分かる。しらじらしいと言える程の嘘でも、恥と思わない政治家ばかりだ。特に、社会主義、共産主義国家は、言論が統制され、情報の遮断を常用するから、自国の統制や世界への策略として、子供騙しに近い振舞いや欺瞞が、恥ずかし気もなく行われる。大きく言えば国家の人格の欠如だ。

例えば、事実や実証の価値判断を軽視し、政策、方便が全て優先する。歴史事実の検証はどうでもよく、自国が有利であれば、事件の規模、人数などを作り変える。それが正当でなくても、何の臆面もない。事実無根の歴史の教宣すら行われる。それが非難されることもない社会になっている。スパイ活動などは嘘の塊のようなものだが、礼儀、秩序などの感覚はなく大々的に推進する。特に最近は、サイバー空間が問題となっている。

余談だが、もう二十年以上になるが、インターネットが始まった頃は、その使い方は、自主規制のマナーとして、商売に使ってはならないと言われたことすらある。スポーツでは、国際基準や禁止薬物などの規制を無視し隠匿する。それで成功すれば喜んでいる。このような世界が、常識になってしまったら秩序はどうなるのだろう。

「正義はいずれ勝つ」という日本の常識は、世界で取り残されてしまったようだ。バカ正直とでも言うのだろう。それを本当の正義に戻したいなら、日本の国力が世界でも無視されないような実力になることが必要ではないか。

個人の人格に戻るが、昔の女優原節子の言葉が紹介されていた。「**品行は直せても、品性は直せない**」というのである。それは、言い変えれば、頭で分かっていても、直せない人格のようなものだ。それは、子供の頃から毎日積み上げられた、**人としての爽やかな振舞が身に着いた人格だからだ。同じことをやっていても、嘘の認識の差が滲み出てくるのだ。子供の教育や躾が如何に大事なものなのか分かるだろう。**

参考文献

・「近世日本国民史」五十巻　徳富蘇峰著　明治書院　昭和十年
・「日本人のための憲法原論」　小室直樹著　集英社　平成十八年
・「アメリカの新国家戦略が日本を襲う」　日高義樹著　徳間書店　平成十九年
・「トランプ登場は日本の大チャンス」　日高義樹著　ＰＨＰ研究所　平成十七年
・「日本国憲法」「写楽」編集部　小学館　平成二十五年
・「検証自民党憲法改正草案」　国内情勢研究会編　ゴマブックス　平成二十八年
・「日本人を狂わせた洗脳工作　ＷＧＩＰ」　岡野道夫　自由社　平成二十七年
・「逆襲される文明」　塩野七生著　文春新書　平成十七年
・「ギリシア人の物語」　塩野七生著　新潮社　平成二十九年
・「敗走千里」　陳登元著　ハート出版　平成二十九年復刻版
・「日本の朝鮮統治を検証する」　ジョージ・アキタ　草思社文庫　平成二十九年
・「米国人弁護士だから見抜けた日本国憲法の正体」　ケント・ギルバート著　角川新書　平成二十九年
・「沖縄の不都合な真実」　大久保潤・篠原章著　新潮新書　平成十五年
・「国民の歴史」　西尾幹二著　産経新聞社　平成十一年
・「国民の道徳」　西部　邁　産経新聞社　平成十二年
・「孫子の兵法」　安藤　亮著　日本文芸社　昭和五十三年

参考文献

・「横井小楠」　松浦玲著　筑摩書房　平成二十二年
・「青春の文語体」　安野光雅　筑摩書房　平成十五年
・「韃靼の馬」　辻原登著　集英社文庫　平成二十六年
・「夏姫春秋」　宮城谷昌光著　講談社文庫　昭和四十年
・「石垣りん詩集」　粕谷栄市編　ハルキ文庫
・「3年B組金八先生」　小山内美江子著　高文研　平成十二年
・「江馬細香」　門玲子著　藤原書店　平成二十二年
・「日本漢詩」　猪口篤志著　菊地隆雄編　明治書院　平成十四年
・「漢詩のこころ」　林田慎之助著　講談社現代新書　平成十七年
・「日本名詩選」　西原大輔著　笠間書院　平成十五年

片山　正昭（かたやま　まさあき）

1939年生まれ。福岡市出身。久留米大学附設高等学校、九州大学理学部化学科卒業。旭硝子株式会社に入社。関連会社旭ファイバーグラス取締役。退役後の趣味は、詩作、木細工、随筆。「日本の漢詩」編集、「漢詩語彙集」「蘇峰による史実の中の詩歌」などを手掛けている。
Home Page; http://ss835503.stars.ne.jp/qngkd801/

先憂 ―日本の先行きはこれだ！―

2019年1月23日　第1刷発行

著　者　片山正昭
発行人　大杉　剛
発行所　株式会社 風詠社
〒553-0001　大阪市福島区海老江5-2-2
大拓ビル5-7階
TEL 06（6136）8657　http://fueisha.com/
発売元　株式会社 星雲社
〒112-0005　東京都文京区水道1-3-30
TEL 03（3868）3275
印刷・製本　シナノ印刷株式会社

ISBN978-4-434-25560-1 C0095